푸른사상
시선

45

우리 집에 왜 왔니?

박 미 라 시집

푸른사상
PRUNSASANG

푸른사상 시선 45

우리 집에 왜 왔니?

1쇄 발행 2014년 9월 20일
3쇄 발행 2015년 12월 5일

지은이 · 박미라
펴낸이 · 한봉숙
펴낸곳 · 푸른사상사
주간 · 맹문재 | 편집 · 지순이 | 교정 · 김소영

등록 제2-2876호
주소 서울시 중구 충무로 29(초동) 아시아미디어타워 502호
대표전화 02) 2268-8706~7 팩시밀리 02) 2268-8708
메일 prun21c@hanmail.net
홈페이지 www.prun21c.com

ISBN 979-11-308-0281-7 03810
ISBN 978-89-5640-765-4 04810 (세트)

값 8,000원

우리 집에 왜 왔니?

아니다. 꿈속이다
결국, 꿈속을 건너갈 것이다

어디에도 없고
어디에나 있는

지긋지긋한, 참혹한,
끝끝내 비루한 그림자들

이제, 나를 좀 내버려두어라

2014년
박미라

| 차례 |

■ 시인의 말

제1부

제2부

제3부

제4부

제1부

목격

목장갑 낀 손으로 장어를 움켜쥔다
검고 육감적인 장어의 꼬리가 햇볕을 휘젓는 동안
그는 마른침을 한 번 삼킨다
팔뚝 가득 뒤엉킨 힘줄과 움푹 파인 쇄골에 더운 김이 서린다

말라붙은 아침 안개를 벗겨내면서 장어의 재단이 진행된다
바다의 힘줄을 훔쳐 제 힘줄에 잇대는 현장은
피 한 방울 없이 깨끗하다
제사장의 근엄을 흉내 내듯 작업 내내 입을 열지 않는
그도 가끔은 자신의 목소리가 궁금한 듯
크윽, 신트림을 올린다

이 시간쯤이면 유난히 물기 번득이는 그의 눈동자,
바다의 힘줄뿐이 아니고 파도의 무늬까지 벗겨온 것일까
새로 바꾼 부엌문 손잡이에 무지개가 어른댄다

여러 개의 실핏줄이 그물처럼 펼쳐진 눈가를 쓱 문지르며
날건달처럼 목을 꺾어 칼날을 살피는 사내

돌과 새의 행간

그가 쓸개에서 꺼낸 붉은 돌 하나를 보여준다
어둠 속에서 태어난 작은 돌은
뱉어낸 지 오래인 객혈처럼 조금 적막하다

이 일을 정말 그가 계획했을까
제 몸을 조금씩 돌로 만들어, 잘게 부수어,
은근슬쩍 지워지고 싶었을까

불붙지 않는 마그마를 품은 채 너무 오래 걸었다
분별없이 떨구는 눈물처럼
한 방울 담즙 따위로 무게를 덜어내는
지상의 나날들은 참혹하거나 지루하여

잔뜩 웅크린 채 돌의 시절을 부르고 있는
그의 기억이 맞는다면
노을 빛깔의 날개가 돋을 것이다

죽은 새처럼 보이는 저 돌을 힘껏 던지면

던지는 쪽으로 날지 않고

허공을 맴돌다 아무도 모르는 어떤 별로 돌아갈 것 같은데

사라진 쓸개에 대하여 발설치 않을 것을 혼자 다짐하며

문 앞에서 돌아본 병상 위에

붉은 새 한 마리가 깃털이 빠진 자리를 더듬고 있다

금강석처럼 반짝이는 부리를 가진 미기록 맹금류였다

부음

이른 봄날 저녁에 진눈깨비 퍼붓는다

진눈깨비라는 말, 가여워라

눈도 아니고 비도 아니라는 말

눈도 있고 비도 있다는 말

겨울에도 봄에도 닿지 못하고 질금질금 울면서 떠도는

이미 다녀왔거나 다시 돌아가고 싶지 않다는 말

나중에 죽어서 다시 태어난다면 나는 진눈깨비로 태어나야
겠다

흘러갈 수도 있고 쌓일 수도 있고

익명의 시간을 넉넉히 즐길 수도 있는

진눈깨비로 꼭 태어나야겠다

빗소리보다 깊은 적막 위에 다음 생의 희망을 적고 있는데

누가 다녀가는 것일까

문밖에서 헌 신발짝 끄는 소리

틱(Tic)*에 대하여

Tic이라는 이름의 새가 있다

제멋대로 가슴에 터를 잡은 낯선 새

새벽마다 왼쪽 눈꺼풀을 쪼아 잘 익은 내 잠을 꺼내 먹고

마른 정강이쯤에 걸터앉아 하루를 시작하는 새

마음 내키면 내 어깨에 그네를 매어 온종일 건들건들 노는

새

어느 때는 제 피붙이들을 모두 불러 모으는지

천근만근 찍어 누르는 무게에 허리가 푹 꺾이거나 부들부

들 떨리지만

아무 상관없이 가슴 갈피를 후비며 낄낄대는 새

돌보다 무거운 새가 있다는 걸 증명이라도 하려는 듯

느닷없이 무르팍을 후려치거나 가슴을 쥐어박아

나를 쓰러트리는 새

도대체 이 새는 어디서 왔을까

밤이면 늦게까지 창문을 열어놓는 내 습관은 아무도 모르

는데

달빛 아래 걸어둔 마음은 자주 걷어 들였는데
아무리 생각해도 새의 경로를 짐작할 수 없다

모습도 모르는 새를 찾으려고 내 안의 것들을 쏟는다
익명으로 도착한 입맞춤과 아껴뒀던 노을 한 점, 눈동자 검
은 강아지 한 마리, 펄펄 끓는 국밥 따위가 나온다 기억 속에
서 덜그럭거리던 바람 소리도 있다

새는 얼마나 더 살찌고 싶은 것일까

오래전부터 보이지 않는 것들로 가득 찼던 나를 혼자 차지
한
이 새는 천 개의 바늘로 만들어진 부리를 가진 것이 틀림
없다
원한다면, 가슴을 열어 보여줄 수 있다

* 스트레스가 원인으로 밝혀진 신경질환.

오른쪽 귀의 취향

누군가 숨죽여 울고 있다 앙다문 이빨 사이로 줄줄 새는 울음소리다 아니다

양철지붕을 두드리는 소낙비다 아니다

큰 비가 온다는 전갈이다 빗줄기보다 먼저 도착한 빗소리이다

잠 깨니 창밖은 햇볕이 쨍쨍

낯선 빗소리에 대하여 내 오른쪽 귀에게 묻기로 한다

귀에서 나는 소리를 귀에게 묻는다

이것은 최근에 시작된 내 오른쪽 귀의 취향

달팽이관 가득 빗소리를 쌓아둔 듯

밤낮으로 들리는 빗소리 때문에 세상의 소리들이 들리지 않는다

내가 즐기는 소리의 목록에도 빗소리가 있지만 소리로 소
리를 지우는 건 뜻밖의 횡포

　구름이 지나가는 소리와 유리컵 깨지는 소리를 혼동한 날
부터 시작된

　오른쪽 귀의 소심한 반란

　색깔을 뒤섞으면 검정이 되듯 소리를 뒤섞으면 침묵이 된
다니

　몸속 어딘가의 근육 한 줌은 토악질을 할 때만 반응한다는데

　어떤 이름을 생각할 때만 빗소리를 내는 기관이 내 안에 있
거나

　기어이 큰물을 내어 쓸어버릴 기록 따위가 있다는 것인지

　오른쪽 귀를 만지작거리며 고호의 자화상을 생각하는 한때

　창밖에는 햇볕이 쨍쨍

이석증

어제는 마지막 남은 슬픔을 내다 버리고
오늘은 다시 찾으러 나섰다가 낯선 길 위에 쓰러졌는데

사거리 신호등 불빛이 눈부시게 굽이친다
흘러가는 곳을 알 수 없는 눈부심 앞에서
슬픔은 얼마나 쓸쓸했을까

돌아갈 곳이 있다고 믿는 것들은 스스로 환해질 줄 안다니까

제일 반짝이는 것이 내 슬픔일지도 몰라
내게 반짝임은 슬픔 하나로 충분하므로
천천히 눈을 감으며 빛의 번짐을 지워간다

밤바다처럼 깜깜한 머릿속을 모른 척
시시각각 발효되는 파랑주의보를 못 들은 척
한바탕 통곡 끝에 잠을 깬 사람처럼
흔들흔들, 비틀비틀,
나는 자꾸만 어디로 흘러가려는데

어쩌면 존재를 빼앗긴 꿈 하나가

미친 듯 돌팔매를 던지고 있는 듯

이봐, 이봐, 제 몸을 던져 막아서는 듯

제자리에서 출렁이는 몸

제 몸무게만큼의 돌을 지니고 강물을 건너는 인디언들이

있다는데

또 하나의 자신을 부둥켜안고 물살을 헤쳐 나간다는

나는 어쩌면 그들의 후손일지도 몰라

반란을 꿈꾸는 돌의 요람을 가만히 흔들어본다

역류

아껴두었던 독초를 달인다
이것은 천 년 동안 말린 불의 줄기이다
얼음보다 차가운 심장의 사내에게 내어줄 뻔 했지만
그때 나는 허무의 감옥에 갇힌 채
물과 불의 경계를 구분할 줄 몰랐다

목줄기에 매달린 시큼한 비명들을 나무라듯 두드리듯
국지성 호우가 막무가내로 퍼붓는데
네가 남기고 간 우산은 너무 낡았다
흠씬 젖은 것도 아니면서 속속들이 눅눅한 몸으로
확신할 수 없는 길을 되짚어간다
여기쯤에 꽃의 구중궁궐이라는 도로 표지판이 있었지만
이미 치워진 지 오래여서 다행이다
몸이 먼저 기억하는 제자리걸음을 망설임 없이 잊는다

덩굴식물처럼 무성한 열기가 온몸을 휘감는다
꾸역꾸역 올라오는 신물을 다시 삼킨다

더 뜨겁거나 더 썩거나 더 고여 있거나

날것들에게서만 발견된다는 역류의 흔적을 지우기 위해
남은 불씨를 삼킨다
가슴을 뻐개며 지나가는 불길로 잠깐 환해지는 몸

꿈에 대하여, 한마디도 설명할 수 없는 낡은 벌집처럼
조금 쓸쓸하고 뜨거운 병을 이리저리 뒤적인다

선택적 함구증*

문득, 모든 소란이 멈추고 고요가 깊다

숨소리만으로도 잔금 무수히 번지는 봄볕 속에
캄캄하게 웅크린 대추나무
터진 잔등을 비틀 생각도 없이 그림처럼 서 있지만
가시들 바르르 떨리는 걸 보면
소리 낼 때만 돌아보는 당신 때문에
날마다 우는 속울음으로 목청 터졌다는 걸 알겠다

자신의 울음을 분석 중인 저 나무가
쓸쓸한 짐승이라는 데 동의한다

그러니까, 대추가 굵어지는 순간을 지켜보는 건 대추나무
자신뿐
그가 빗방울 하나를 앉혀놓고 밤새도록 수다를 떨었다거나
바람의 허리를 끌어안고 뒹굴더라는 풍문은
어쩌면, 스스로 흘린 말인지도 모른다
말수 적은 것들일수록 어둠을 선호해서

밤이면 깊숙한 곳의 마음에게 끝없이 타이르고 간곡히 당
부하며

대추는 천천히 붉어지는 것이다

어둠에 익숙한 나의 말들을 환한 곳으로 데려가기 위해
지금은 별빛 아래 방목 중이다

하나, 둘, 빛을 향해 돌아서는 말들의 등 뒤에서

* 특정 환경이나 특정 사람에 대해서 말하기를 거부하고 말 대신 손짓이
  나 고갯짓, 혹은 말이 아닌 소리 등으로 의사표현을 하는 것을 '선택적
  함구증, 선택적 함묵증(selective mutism)' 이라고 한다.

비명

아랫집에서 마당의 나무를 벤다

절정의 순간만을 허락받은 전기톱이 나무의 허리를 파고들며 부르르 떤다

거기가 아니라니까, 주인집 여자가 자지러진다

어떤 격식은 죽음을 모독하기도 한다

잠깐 톱 소리가 멈추자 매미들 일제히 악을 쓴다

이겼다고 생각하는 것처럼 더 크게 운다

주인집 여자와 전기톱과 매미와

그리고 나무가,

다같이 목청껏 소리를 지른다

토막 난 소리들이 덤불처럼 뒤엉켜 구른다

구경꾼처럼 떠돌던 나무 비린내가

잠깐 들렸다는 듯 내 집으로 스며들었다가 이내 떠났다

나는 온종일 아무 일도 손에 잡히지 않는다

저녁때 조그맣게 내 이름을 불러보았다

내 목소리에 내 귀가 먹먹하다

에필로그

에티오피아 숲 속에서 송아지가 죽었다

뜯어도 뜯어도 그대로인 풀밭에 그림처럼 서 있는 암소 한
마리
저 침묵의 짐승은,
아득히 흘러가리라던 꿈을 깨듯이
강물처럼 시퍼런 젖줄을 가라앉히는데
말린 송아지 가죽을 흔들며 목동이 남은 젖을 짜낸다
캄캄하고 차가운 손길을 모른 척
암소는 풀밭을 향해 안개 같은 콧김을 내뿜으며
꼬리를 휘둘러 제 엉덩짝을 때린다

열대 숲 속의 풀들은 쑥쑥 자라서
발자국도 바람도 소 떼들의 울음도
금방금방 집어먹으며 쑥쑥 자라서
누구도 풀밭 위에 제 이름을 적지 못한다
마른 가죽 속에 남아 있던 따듯한 냄새가
고요히 지나가는 중인지

지천으로 흩어진 들꽃들만 보일 듯 말 듯 흔들린다
끔찍하게 평온한 하루가 저문다

에티오피아의 숲 속에서는 흔한 일이다

돌연사를 꿈꾸다

강진 백련사로 동백꽃 보러갔지요
꽃은 이미 지는 중이어서 길 위에 낭자합니다
너무 늦게 온 나는 고개 푹 숙이고
물끄러미 바라보며 있었습니다
죽음이 이만큼만 황홀하다면
서슴없이 그대를 버릴 것도 같습니다

듣기로는 이맘때면 동백나무 숲에서
수상한 울음소리 들린다고 해요
울고 있는 것이 나무인지 꽃인지 혹은 둘이 함께인지
모르지요 강진 앞바다를 떠돌던 다산의 혼백이
밤바람을 핑계로 다녀가는 길인지도 모르지요
한 시절 정인으로 살았던 그의 발목에 매달려
나 아직 이렇게 울울창창하다고
어린애처럼 눈물 뚝뚝 떨구는지도 모르지요
사실은 꽃도 잎도 다 그만두고
다산의 흔적도 백련사 흙담장도 다 그만두고
순간을 백 년처럼 늙어 흙이 되고 싶은지도 모르지요

제 살점 뚝뚝 떨어지는 환장할 봄날을

이제 그만 견디고 싶은지도 모르지요

누구라도 선 채로 죽고 싶을 때가 더러 있겠지요

못갖춘마디*

어제 내린 비와 오늘의 햇볕을 바꿀 수 있다면

씩씩하고 건강한 몇 마디 비속어를 건질 수 있을까

꽃 필 듯 꽃 필 듯 이파리만 우거지는 나팔꽃 줄기를 걷어
낼 수 있을까

문득 멈추어 불끈 주먹을 쥐었거나 간곡한 부탁이 있었는지

팥배나무 이파리 폭염 아래 시퍼렇고

덜 익은 산딸기 위의 저것은 늙은 거미의 욕설이 분명하지만

증명할 방법이 없어

생채기 감쪽같이 감춘 몸을 벗어 소나무에 걸어두고

홀연히 사라진 K, 어쩌면 A였거나 Y였을지도 모르는 그

산비둘기 울음 비탈을 구르듯 구구거리고 산수국 꽃잎 푸

르르 떨리고

노랗게 질린 원추리꽃은 제 발등을 찍으며

쏟아지는 꽃잠을 힐끗거리고

* 2012년 여름 스스로 자신을 지운 이웃이 있다.

통풍

바람에게 몸속을 점령당한 사내가 있다

젖은 것들을 따라 떠도는 바람을 흉내 내며
영영 돌아오지 않는 날을 꿈꾸기도 했지만
그것은 습성을 숭배하는 맹목의 흠모일 뿐

노을의 뒤편에서 은밀히 내뱉은 욕지거리가 그대로 몸속에
박혀 있었다니,
농담처럼 지나온 저녁을 다시 돌아봐야 하다니,

바람처럼 스며들어 제 뼛가루를 숨겨두었던 어둠과
그 어둠 속에서 진화한 시간이 한통속이 되어 그를 나누고
있다
뼈를 바르고 살을 저미며 몰려다닌다
나눌 것이 있을 때만 한편이 되는 것들일수록 부지런하다

속살을 파먹으며 자란 새끼들에게 껍질까지 먹일 때가 된

염낭거미처럼

서서히 마르는 몸을 이리저리 흔들어본다
흔들리는 물그릇처럼 눈물 몇 방울 떨구었던가
움벼처럼 웃자란 기억을 움켜쥐고
무너지듯 주저앉는다
기밀문서 따위를 가진 적은 없다 그다지 유명한 곳에 머문
적도 없다
그러니 별로 나눌 것도 없을 것이다

버리지 못한 여행 가방을 힐끔거리며
굴욕에 대한 생각으로 입술 비튼다

그의 미간에 범람하는 작은 강을 본다

낚시

한 생이 저문다는 게 무언지도 모르는 채
오직 먹기 위하여 흡, 흡, 죽음을 거듭하는
숭어를 이번에는 놓치지 않겠다고
흡! 숨을 멈추며 낚싯대를 당긴다

허공 중에 포물선 하나 팽팽하다
흡과 흡이 당기는 목숨의 무늬가 부르르 떨린다
순간 바다 쪽으로 휙, 몸이 기운다
손끝을 타고 올라오는 죽음 직전의 비명이
빠르게 등줄기를 훑고 간다
때 아닌 추위에 정신 아득하다

중심을 잃으면 지는 것이다

뱃바닥 비늘이 소름처럼 일어선
숭어가 온몸으로 좌대 바닥을 두드린다
집채만 한 파도와 캄캄하게 막아서던 암초들을 생각하면
이쯤이야 별것 아니라는 듯

점점 무거워지는 지느러미를 끙! 일으키며

숭어는 없는 바다를 향한다

지금 막 핏빛 석양이 들끓는다고

어디론가 급하게 전화하고 싶어진다

제2부

풀

부드러운 것들은 발톱도 이빨도 몸속에 두고 산다

두 손을 비벼 버석버석 마른 잎 쓸리는 소리를 내며
나, 지금 잘 마르는 중이다

세상의 모든 몸들 속에는 억겁을 돌아온 시간이 겹겹이 쌓여 있어서 몸의 한 생을 끌고 간다 그러니까, 몸이 지워지는 것은 시간의 발효일 뿐 몸의 주인과는 무관한 일이다 다만, 뿌리가 몸을 기약하는 것은 흙의 일이므로 까닭을 규명할 수는 없다

어둑한 논둑에서 허공을 향해 이빨 허옇게 번득이는 누군가를 본 적이 있는지 그가 머리카락처럼 기다란 손톱을 꼭꼭 씹어 삼키는 걸 본 적이 있는지 그런 날 밤이면 까닭 없이 종아리 얼얼하고 옆구리 쿡쿡 쑤시지 않았는지

부서진 빗장뼈를 추려들고 달려갈 마른 풀 한 포기의 주소를 알고 있는지

그 나무*

오랜 궁리 끝인 듯 무슨 의식을 거행 중인 듯
이파리들을 모조리 펼친 그 나무가
한 채의 빈집처럼 고요해지더니
잠깐씩 숨을 멈추곤 한다는데

그때 나무는 제 몸속을 조금씩 허물고 있었던 것
제 살을 제가 파먹고 껍질만 남기고 있었던 것

껍질뿐인 것들에 대하여 수군거리듯
스멀스멀 움직이는 숲의 무리가 포착된 건
바람이 안개를 헤치며 지나간 직후였는데

누군가 뱃속 깊은 곳에서 끌어올린 비명인 듯
먼 바다에서 들려오는 숨비소리인 듯
그 숲이 생긴 이후로 처음인 소리가 퍼졌다는데

어느 순간, 후르르 온몸을 한 번 흔들어 보이고
나무는 다시 환해졌는데

무릎을 스치는 싸리나무 이파리에

물방울 몇 또르르 굴렀는데

하늘을 향했던 우듬지가 수평을 이루는 나무를 만난다면

누구라도 공손히 모자를 벗을 것

스스로 제 속살을 뜯어먹으며 산다는 것은

껍질만으로 목숨을 이어간다는 것은

살과 뼈의 경계를 모두 허물었다는 것

바람 한 점에도 흔적이 남던 살점을 다 덜어낸

노련하거나 질긴 혹은 무심한 지경에 닿았다는 것

* 200살이 넘은 활엽수 중에는 스스로 몸속을 썩혀 공명을 만들어 성장
  을 멈추는 경우가 있다고 한다.

일몰의 내부

두루미 몇 마리 강물 위에 떠 있다

구름보다 고요한 저 새를 울음이라고 부르면 어떨까

배경처럼 서 있는 절벽을 들어내고

내 마음을 세워두면 어떨까

흘러갈 것도 아니면서 물속에 든 울음의 그림자를 건져 올리면

허공에 떠 있던 울음이 제 그림자 위로 내리고

배경도 울음도 제각각의 심장을 두근대며 순간의 문양을 새기는 사이

손톱이 부러지거나 계절이 바뀌기도 할 텐데

비로소 배경은 까마득한 발밑에 깜짝 놀라기도 할 텐데

소리가 없는 울음의 배경을 찾는다고

너무 오래 버려두어 쉽게 오를 수 없는 벼랑 앞에서

밤새 서성일지도 모르지만

겨우겨우 비를 참고 있는 저녁 하늘의 두루미를 보며
한 생을 천 년이라고 우기기도 하면서
나, 울음의 배경으로 아주 자리 잡으면 어떨까, 그렇지만

흘러가는 것은 나도 아니고 저 새도 아니어서
마음도 배경도 헛꿈이라고 명명하는 저녁

후일담

그때, 당신이 바라본 것은 벼랑에 핀 꽃이 아니고
꽃의 배후인 바람이었다는 걸
꽃을 꺾고 나서야 깨달아

바람이 되는 방법을 백 가지쯤 알고 있다고
발 구르는 사이

당신의 수레는 천 년 저쪽으로 건너가고
지상의 모든 꽃잎들 주먹만 한 돌덩이로 변하여
발등 위에 수북이 쌓였는데

내가 평지처럼 걸어 올라간 벼랑은 풍문이 구구하여
그 후 아무도 오르지 않았다는데
발자국도 없는 그 길이
내게는 자꾸 헛것처럼 어른거려

벼랑은 얼마나 많은 꽃의 씨앗을 품고 있는지
지금도 천 년 전의 그 바람을 밀어 올린다는데

그럴 때마다 숨죽여 울기라도 했는지
몰라보게 수척해진 알몸을 가릴 생각도 없이

당신의 수레가 지나가던 계절이 되면
바람의 이마에 여러 장의 꽃잎을 붙인다는 소리도 있는데

시간이 적어둔 말들을 밟지 않으려고
멀쩡한 다리로 절뚝절뚝 헌화로를 지나며
천 년 전, 천 년 전,
혀를 깨문다

어두워질 무렵

어떤 울음은 촛불을 훅 불어 끈 순간처럼 아득하다
몸을 감춘 채 어둠을 배경으로만 흘러나온다
믿을 수 없지만
지렁이가 울고 있다

모래도 울고 장롱도 울고 어머니도 울지만
지렁이가 운다니,

팽팽히 당긴 비단실을 튕기듯 파르르 떨리는 울음소리를
듣다가
나는 놈을 한 줄기 바람이라고 부를 뻔 했다
연초록 이파리라고 우길 뻔 했다
저 옥수수 밭 속에 세상에는 없는 현악기 하나 묻혀 있나
했다

언제라고 밝힐 건 없지만
울음에 홀려
간을 빼주고 심장을 꺼내주고

뜨거운 울음을 날것인 채 삼킨 적이 있다

그날 이후

칼을 물고 세상을 건너가는 종족이 있다는 걸 믿는다

모든 사물의 중심에 울음이 산다는 걸 믿는다

지렁이 따위가 마음의 풍경에 끼어드는

애 터지는 저녁이다

낯선 섬에서 돌아갈 배를 기다리다

어떤 길로 나서도 바다에 닿는 섬에 와서 흐르는 것들을 생각한다

저 바다 밑에는 얼마나 많은 길들이 잠겨 있는지

길들은 모두 어디로 가고 있는지

모든 길들은 사라지거나 지워진 것이 아니고

닿을 수 없는 어딘가에서 찢어진 깃발처럼 흔들리고 있다는 것인데

바다는 그 많은 길들을 감당하느라 허옇게 뒤집어지거나 펄펄 끓는 태양을 삼켜 뒤란을 밝혀보기도 하고

빛으로도 어둠으로도 달랠 수 없는 길들 때문에 밤이면 소리 내어 울기도 하고

내장을 드러낸 생선들 곁에서 죽은 듯 산 듯 졸고 있는 폐선들은

차마 잊을 수 없는 몇 개의 길을 곱씹는 중이고

없는 길을 찾아 발바닥 부르트던 수평선 쪽으로 녹슨 가슴

팍을 보여주는 저물녘

　돌아갈 날짜를 정해둔 것은 아니지만 막배 떠났다는 소리
에 막막하다 막막하다 중얼거리며 조금 쓸쓸해지는데

　민박집 마당에 널린 다시마 줄기가 어쩌면 내가 잃어버린
길은 아닌지 손 내밀다가
　바다 비린내에 문득 속이 뒤집히는 건 여전히 파도 높은 때
문이고

　여기서는 닻의 방향이 보이지 않는 배 한 척 노을에 걸려
있고

오드 아이(odd eye)

다음 생에는 나 그대 되고 그대 나 되어, 라는 옛글을 옮겨
적다가
그럴 리가, 웃음 깨물었는데

몇 번이고 후벼 판 옆구리에서 뭇 별을 꺼내던
그 약속이 아직 지상에 머문다는 소식

시선의 소실점이 생기는 곳에서만
두 눈빛이 얽히는
마주 보지 못한 채 한 몸에 깃든 사랑의 원형

별의 쓸개를 닮았다는 검은 눈동자 쪽으로
아쿠아마린의 푸른빛이 가만가만 흘러간다

설원의 끝에서 떨어지는 유성을 향해
함께 글썽일 뿐인 하루가 다시 저무는데

천 년쯤 후에 누가 나를 옮겨 적다가

세차게 고개를 흔들거나 벌떡 일어나 창문을 열 것이다

창가에 후두둑 후두둑 별이 지고
알 수 없는 울음소리 끊길 듯 이어질 것이다

사탕

사탕을 사랑으로 읽을까

쓴 약을 마신 뒤의 사탕 한 알은
저절로 눈 감기는 달콤한 위로

부드럽고 따듯한 혀 위에서 조심조심 굴리면
스르르 녹아 없어지는
사탕은 어디로 가나
내 눈물은 여전히 싱겁고 손등 차가운데
쓰디쓴 것들을 다 데리고 사탕은 정말 어디로 가나
아무에게나 귓속말 해볼까 호오 입김 불어볼까
서둘러 삼켜버린 그것은 어쩌면 당의정이었는지도 몰라
절정이 지난 후에 제 사랑을 잡아먹는 사마귀도 있는데
아직 내 몸을 빠져나가지 못했을
사탕의 정체를 폭로해 버릴까

사람들 사랑이라고도 부르는
가장 나중까지 남아 있는 그것

혼자서는 어쩔 줄 몰라

끈적끈적 제 이름 적어가며 들러붙는 습성이

아무래도 낯익은

사랑을 사탕으로 읽을까

반갑거나 무섭거나

낯선 곳에서 만난 내 시 한 편.

처음 가는 찻집 벽에 왼쪽이 기울어진 액자 속에서
나를 바라보는 저 시를
아는 체, 아는 체 해야 할 텐데
주머니 속에 넣은 두 손만 떡갈나무 이파리처럼 부스럭거
리며
쉽게 입을 뗄 수 없다

꽃무늬 휴지로 액자를 닦는다
물기 많은 입김을 불어가며 옷소매를 당겨 다시 닦는다
액자 아래쪽에 누군가 적어둔 전화번호가 있고
찻잔을 들어 탁자를 내려친 듯 눈물방울 같은 흔적도 있지만
끝없이 공기방울을 밀어 올리는 수족관 곁이어서
다행이다 아무도 액자 따위 눈여겨보지 않는다

눈과 귀를 버리는 데 천 년이 걸린 우리가
지금 서로를 알아볼 수 있는 건 천 년보다 더 오래 흘러왔

기 때문이다

눈과 귀를 지운 세상이란 시간을 모두 지운 뒤에 오는 세상
이어서

읽어도 읽어도 끝나지 않는 소설처럼

바람이 된 둘이서만 이렇게 만나지는 것

만나서 물끄러미 바라보거나 흔들림을 조용히 외면하는 것

느닷없는 해후에 벼락 맞은 나무처럼 반쯤 넋이 나간 채

슬며시 일어나 찻집 문을 열고 나서면

그깟 백 년쯤 금방이라고

삐삐꽃 지천인 들판이 끝없이 이어질 것만 같다

생일

말할 때마다 입에서 꽃잎이 쏟아지던 마술사를 안다

바라보면 사물사물 잠에 빠지던
마술사의 꽃잎이
오랜만에 다시 핀다 머뭇머뭇 핀다
피는 꽃이 자꾸 지는 꽃으로 보인다

빈 밥그릇에 뜨거운 물을 부어 아침밥을 만들고
남의 집 배추밭에서 식구들 고무신을 꺼내오던 황홀한 마술
그때부터 지금까지 나의 희망은 그의 후계자가 되는 것이다

꽃을 만들다가 불을 만들고 새를 꺼낸다는 게 돌을 꺼내지만
왕년에는 참 날리던 마술사
아직도 현역이라고 믿는지 쉴 새 없이 빈 입맛을 다시거나
고개 끄덕이며
흐릿한 손가락 지문에게 뭐라고 뭐라고 주문을 건다
가만히 들어보니 엄마로 만들어버린 자신의 아이를 다시

할머니로 만들 궁리 중이다

　잡채에 김치에 미역국에 흰 밥풀을 꽃잎처럼 띄워놓고
　많이 먹어라 맛있다, 윗니 세 개 아랫니 두 개 남은 입이 오
물오물 웃는다

　주문을 잊어버린 마술사라니!

추억은 단단한 등뼈를 가졌다

녹슨 철길 위에서 할머니 몇 사진을 찍고 있다

올라타, 올라타라니까,

레일 위에서 비틀거리며

꿀벌처럼 붕붕대는 늙은 아이들

저 사진을 인화하면

반들거리는 레일과 유리창 환한 기차가 있으리

기차 속 점 하나를 얼른 짚으며

봐, 나야, 나라니까, 혼자서 자지러지거나

사진 찍기 싫다니까, 열일곱 그때처럼 토라지기도 하면서

클클클, 틀니 달각거리는 한 시절이 흘러가리

화르르 꽃잎 지던 저녁이 지나가리

밤 깊으면 홀로 깨어

오지 않는 것들 쪽으로 무릎 꿇는지

패이고 멍든 자국 선명한

침목에 기댄 냉이가 새파란데

모처럼 추억의 배경이 된 철길의 등뼈를 훑으며

굼실굼실 흘러가는
단단하여 한결 쓸쓸한 추억의 등뼈들

등뼈만으로 백악기의 공룡을 불러내는 손이 있다지

소심한 오후

그는 왼쪽으로 조금씩 무너진다
더는 기울 수 없을 만큼 기운 옆자리의 눈빛이 뜨겁다
피사의 사탑처럼 기울어진 두 사내의 목덜미에서
수평을 잡으려는 핏줄들이 툭툭 불거진다
무릎 위에서 툴툴거리던 신문지가 바닥으로 떨어지고
옆자리의 그가 벌떡 일어난다
간신히 지탱하던 각도가 흔들리자 그가 화들짝 눈을 뜬다
23.5도의 자전축에 길들여진 허리를 추스르며
사내는 다시 눈을 감는다

감은 눈 속에 은신처 하나씩을 마련해 두는 건
이번 계절에 유행하는 사치이다

입이 벌어진다 벌어진다 딱 벌어진다
안경이 흘러내린다
한 번은 꼭 속을 들여다보고 싶었다는 듯
안간힘을 쓰며 번질거리는 콧등을 흘러내린다
안경은 이제 코끝까지 내려왔다

순간 그가 흡, 입을 다물며 안경을 밀어 올린다

막다른 골목에서 머뭇대던 옛사랑처럼

다리를 부르르 떨면서

안경은 다시 미끄러져 본다

미처 돌아가지 못한 사내의 피로가

손등으로 뚝 떨어진다

다 알고 있다는 듯 안경을 밀어 올리면서

벌어진 입술이 자꾸 움찔거린다

복화술사처럼 혼잣말이나 내뱉는 사내의 버릇을 금방 알겠다

오후 4시 23분

1호선 전철을 타고 오산역을 지난다

봄날은 온다

스스로 곡기를 끊은 지 여러 날
움직일수록 파고드는 올가미를 벗어나려고
벗어나 어둠 속으로 잠적하려고 그는,
바람 빠지는 풍선처럼 제 몸을 줄이는 중인데

시든 꽃잎처럼 헐거워진 입술에 미음을 떠넣는다
마음이 몸을 부릴 수 없다는 건
세상에서 가장 치사하고 더럽고 처절한 싸움.
지워진 산길을 더듬어 집으로 돌아가듯
미음을 넘기던 몸이
마음 없이도 끅끅 운다

저것은 오래된 습관의 목소리
몸의 갈피마다 새겨진 울음의 흔적인데

몸 같은 건 잊은 지 오래라는 듯
마지막 목표를 향한 채 눈 뜨지 않는 마음.

몸과 수작하여 흘려넣은 미음 때문에 그가,

목표를 수정해야 한다면

수정한 목표 때문에 더 질긴 올가미에 걸리게 된다면

그래 그건 미안하다

그러나 그건 자신의 몸과 따지거나

몸을 버렸던 마음에게 물을 일.

나 지금 산자고꽃 보러 간다

어디서 찾아야 할지도 모르고

피기는 피었는지도 알 수 없지만

저 혼자 피고 저 혼자 져버릴지도 모르는

산자고꽃을 피우려고

봄날은 온다

해당화

너무 큰 신발을 신고 다니는 아이처럼 칭얼대는
해당화 꽃잎을 엄지와 검지로 문지르며
연분홍 살점의 냄새를 더듬으며
턱수염을 쓰윽 문지르던 손을 생각하는데

꽃잎 근처를 더듬대는 팔목에 불같은 통증이 달려든다
솜털처럼 보스스한 이것들이 가시였다니, 여름이 다 거쳐
갔다니,
더는 물어야 할 말이 없어
혼자서 노래하며 툭툭 터진 입술만 잠깐 보여주고
벌겋게 긁힌 팔뚝을 감추며 돌아서는데
뿌리가 보이도록 패이고 다시 쌓이는 모래톱에 발을 묻고

퍼붓는 노을 따위 상관없이
여전히 연분홍으로 피고 지는

입을 열면, 제가 겪은 온갖 바다를 발설하게 될까 봐
향기조차 몸 안에 가두고

몰약처럼 슬몃슬몃 흘려보내는
지금 막 발효를 끝낸 술맛 같은 꽃

이파리 사이로 어른대는 붉은 열매를 훔쳐보며
아까 한 말은 못 들은 것으로 하자고
아무래도 갯비린내에 취한 것 같다고
나는 또 그때처럼 일그러지는 입가를 문지르는데

나프탈렌 한 봉지를 한꺼번에 삼킨 듯
빠르게 증발하는 쓸쓸한 냄새들

우리 집에 왜 왔니?

　　　− 예지몽을 꾸었다.
　　　뱀 한 마리가 내 이불을 덮고 천연덕스럽게 누워 있었다. −

등에 담이 들었다
급소를 공격당한 짐승이라니!

낯선 꽃뱀 한 마리 내 등짝에서 놀고 있다
불꽃 모양의 혓바닥에 불꽃 무늬 껍질을 입었다
닿는 것마다 태워버리던 전생을 버리고
뼛속까지 차가운 몸으로 다시 왔지만
불보다 뜨거운 독을 이빨 속에 고스란히 감추고 왔다

곁가지 많은 등뼈를 파고들며 웃는다
차가운 꼬리로 뭐라고 뭐라고 적는다
해독할 수 없는 등짝이 입을 딱딱 벌리며 운다
내가 풀밭이었니? 그러니까 내가 너의 그늘이었니?
아무래도 태울 수 없는 돌무지였니?

입속을 맴도는 말들이 모래처럼 서걱이는데

열두 길 마음속을 헤집는 차갑고 길고 징그러운 인연

밤은 이미 깊고 불은 꺼졌는데
나란히 앉아서 아홉 시 뉴스를 볼 것도 아니면서
손가락 데어가며 불씨를 살릴 것도 아니면서
속이 훤히 비치는 통증의 복면을 뒤집어쓴 채

차갑게 웃는 뱀 한 마리
우리 집에 왜 왔니?
우리 집에 왜 왔니?

제3부

섬을 읽는 시간

죽은 듯이 누워 있었다

아득한 곳에서 흐느끼는 내 목소리를 들었다

뽑히지 않는 뿌리 쪽으로 침을 뱉고 돌아눕는데

철철철철, 소리도 없이 넘치는 물줄기에 얼굴이 젖고

돌팔매를 맞은 듯 옆구리가 결린다

내가 여기 한 개의 못으로 박힌 것이라면

염분 속에 묻어둔 절반의 몸은 누구의 시간인가

저녁을 핑계로 멀리 간 마음이 돌아오는 중인지

끔찍한 허기가 밀려온다

한 번씩 푹, 엎어져서 숙성됐다고 우기는 것들을 쏟아내는
동안은

날씨도 계절도 상관없다

꿈의 익사체들이 가득한 하늘을 힘껏 밀어낸다

울음의 온도

전기장판의 온도를 높이자
꿈속까지 따라왔던 울음소리가 잦아든다

밤이 갑자기 깊어지고

웅크렸던 다리를 펴면서 돌아눕는 울음을 가까이 당긴다
울음의 껍질은 늙은 장수의 갑옷처럼 완고하다
발톱 긴 바람을 끌어들여 껍질의 틈새를 후벼보지만
몸속에 천만 길 벼랑을 감춘 울음의 꼬리를 번번이 놓친다
오늘처럼 급하게 소리를 삼킨 날은
꾸르륵 꾸르륵 늙은 비둘기 소리를 흉내 내며
가슴의 굽이를 헤집다가
소리도 없이 돌아와 눕는 울음의 무게에
가위 눌리는 새벽녘

온몸의 핏줄을 팽팽히 당긴 채 달려드는 사람처럼
펄펄 끓는 전기장판의 코드를 뽑고

아직 식지 않은 울음을 끌어안는다

이럴 때 내가 할 수 있는 건
울음이 가본 적 없는 꿈속 이야기를 꾸며대는 것뿐이다
내가 꿈속에서 자주 흐느끼는 건
열전도가 빠른 울음은 전염성도 강한 때문이라고
한 번도 불러본 적 없는 이름을 꾸며대는 것뿐이다

벽오동, 그 후에

정처를 알 수 없는 벽오동 한 그루 꽃밭에서 자란다
출생의 비밀을 듣고 찾아온 자식이나 되는 듯 놀랍고 반가
운데
마지막 경기에 나선 선수처럼 숨 가쁜 나무를

천천히, 천천히, 차근차근, 허리를 잡아 주저앉히지만
저렇게 눈부신 맨발에게 신발을 신으라니
소주잔 기울이며 다시 타이른다
봐라, 아직 물기 흥건하잖니,
청포묵처럼 아슬아슬한 허리를 잡아채
냇물과 강물에 대하여 처음부터 다시 설명하는데

연두를 건너뛴 초록은

살점 단단히 여물어 철든 아이처럼 흰칠하지만
어디서 왔는지 그래도 아주 잊지는 말라고
몸통 한가운데 작은 물길 하나 남은 줄은 모르고
반항하듯 고함치듯 자꾸만 이파리 넓힌다

꽃밭 가득 그림자 펼친다

머뭇머뭇 봉숭아꽃 피고 백일홍 하염없이 붉거나 말거나
좀 좋아 벽오동, 제 이름 부르며 건들거린다

기어이 지붕을 훌쩍 넘는
어쩌면 좋으냐 너를.

여자 A

여자 A는 목욕탕 바닥에서 열두 시간을 버텼다
누워 있다고 말하기까지 스무 해가 걸렸다

여자 A로 분류된 그녀의 기록은 다소 난해하다
자신이 바라보는 천 개의 눈동자와 창문 밖으로 지나가는
만 개의 손
불목하니처럼 빙빙 도는 강아지
머리채를 잡아당기는 햇살과 등짝을 갉아먹는 계절들이
작정한 듯 뒤섞여 있다

그 모두를 한 몸에 지닌 자신을 편애한 듯
손톱과 발톱을 하품과 식욕과 성욕을
쉽게 고쳐지지 않는 그것들의 버릇을 사실대로 적었다
가끔씩 몸속의 물기를 덜어내는 일에 골몰한 건 침대에 대
한 배려였다

여자의 기록을 읽기 위해 허리를 낮춘다
복사 금지에 따라 두 손은 앞으로 모으고 눈으로만 읽는다

간간히 학술적 오류와 편견도 보이지만
희귀 분야이므로 지적은 무의미하다

머리카락이 명주실처럼 탈색된 것으로 미루어
기록이 마무리 중인 걸 알겠다

씩씩하게 발음하면 무섭고, 속삭이면 슬픈 말
누워 있어, 에 관한 기록이 학설로 인정될지는 미지수이다

애월 일기

울음을 일상어로 쓰기도 한다기에
푸르르, 바람이 빠질 때까지 가슴 밑바닥을 긁어낸다

죽을 것도 아니면서
죽을 것처럼 무너지는 것들의 따귀를 때리면서 늙어간다는
바닷바람이 현자(賢者)로 불리는 수상한 고장
사랑을 작파하고 숨어든 내력을 간파 당할까봐
이방의 언어로 지껄이기도 하지만
목쉰 소리가 점점 익숙해진다

온종일 끌고 다닌 몸뚱이에서 소금 버석인다
눈물의 농도에 따라 소금의 질이 결정된다는 유언비어가
떠돈다

어느 생에선가 눈물로 내건 목숨이 무던히도 질겨서
아직도 끌려다니지만
죽어도 죽어도 죽어지지 않는 형벌을

그와 나눌 생각은 없다

돌아갈 핑계가 적힌 페이지를 내가 찢어버렸던가

애월,
천지간에 어룽이는 이름이나 부르면서

맹그로브 숲에 갔다

사람의 말로도 쓰이고 있는 저 지독한 것들의 본명은

간혹 어원(語源)을 혼동하여 업(業)이라고도 읽으며 별빛을 빌려 뼈마디를 잘라내는 계율로 전승(傳承) 된다는데

제 몸을 헐어 뿌리를 만들고 뿌리가 닿는 곳까지 뭍을 만들며 속울음을 울곤 한다는데

우연히 숲에 들었다가 울음이 터진 적 있다면 당신의 맹세 목록 어딘가에 저들과 돌림자가 같은 이름이 적혀 있을 것이다

제가 제 손가락을 잘라먹으며 지웠던 날짜를 사실은 모두 적어두었다고 엎어지는 밤

그때, 바람도 없는데 숲이 일렁이고 별빛들 숨을 멈추었다면 저들이 제 몸을 나누는 의식의 시간

한 마리 검푸른 짐승이 제 이름이 적힌 비서(秘書)를 다시 읽

는 밤이면

손가락이 열 개 발가락이 열 개인
우리의 참회는 아직 유효하다

그러나,
뒤틀린 허리는 얼마나 속절없는 비명인지

껍질

껍질 벗는 것들끼리 모여 사는 자작나무 숲
어느 쪽을 향해도 앞을 막아서는 벗은 나무들 앞에서
열아홉, 스물, 서른둘,
…… 숨을 고른다

입술 붉은 저녁이 잠깐 다녀가고
몸집 큰 어둠이 나비처럼 내린 후에도
나무들 잠들지 않고 껍질을 벗는지
낮은 비음이 들리는데

속살에 그어진 실금 어디쯤에 한 줄 주소가 적혀 있을 테
지만
스스로 껍질을 벗고 맨 몸으로 서 있는
단단한 다짐을 쉽게 어길 것 같지 않아
가만히 속살 어루만진다

실금을 벗어난 글자들이
껍질에 묻어나지 않고 살 속으로 파고드는 걸

못 본 척, 백자 빛 껍질만 어루만지는
달의 손등에 구름 그림자가 무성한데

먼 데 등불을 당기듯 마음 천천히 환해진다

자작나무가 바람의 방향 따위 간섭하지 않으며
자꾸만 껍질을 벗는 것은
옛 주소 같은 건 그만 버리려는 것이다
살점에 각(刻)을 떠도
지워지지 않는 주소가 있다는 걸 모르는 것이다

잠깐만나무 밑을 지나가는

─ 그랜드캐년의 협곡에서 단단한 가시를 숨기고 살면서 스
치는 것마다 깊게 긁어버린다는 그 나무를 수파이족 원주민들
은 잠깐만나무라고 부른다는데 ─

횡단보도 앞에서 누가 팔을 잡는다
잠깐만 얘기 좀 나누실래요?
은밀한 구원의 말씀을 전하는
그의 철 지난 신발이 낯익다

낯선 땅으로 숨어들어 신분을 숨긴 채 한 생을 머뭇대는
비루한 첫사랑아
아무도 묻지 않는 이름을 새기겠다고
손 닿는 것마다 흠집 내며 서 있다는 소식 여기서도 다 듣
는다
눈 비를 보내어 목덜미 후벼 파고
땡볕을 보내어 살갗 태우더니
풀잎 하나 베지 못할 녹슨 칼자루를 한사코 겨누지만

다시는 과녁 따위 되지 않겠다

녹색 불이 점멸을 시작한 횡단보도를 성큼성큼 건너간다
벗겨진 신발 한 짝이 비명을 지르지만 돌아보지 않는다
나도, 무시로 가시 돋는 발바닥을 감추려고
맨발로 불을 밟는 저녁이 늘었다
뽑은 가시들로 돌아갈 길 위에 성을 쌓고 있지만
어느 날 내가
저 신호등을 뽑아들게 될지는 모르겠다

빈 의자

문 닫은 지 오래인 함바집 자리에서
풍찬노숙의 내공으로 얻어낸 거무튀튀한 보호색에
몇 군데 골절상을 더하고서야 휴식에 든 의자

켜켜이 쌓인 먼지 위에 몸을 부리자
어긋난 관절의 비음에 눈발처럼 흩어지는 고요
의자와 몸은 서로를 향해 비음의 출처를 묻지만
대답할 말이 없다
빈 의자라는 말을 믿었을 뿐이다

먼지가 가라앉기를 기다려 서로의 내력을 짐작하다가
무뚝뚝한 습관에게 심부름을 시킨다
시장에 가고 세무서에 가고 낯선 카페에도 들러라
쿠키쉐이크를 마시고 전철 시간표를 확인해라
모든 스치는 것들을 배웅으로 읽어도 좋다

그늘 쪽으로 돌아앉아 너무 빨리 오는 저녁을 등진다
가리기는 했지만 바꾸지는 못한 물빛 속살이

의붓자식처럼 주춤거리며 초저녁 속으로 숨는데
누군가 흘리고 간 전기세 독촉장이 무릎을 건드린다

나는 너무 늦었거나 너무 빨리 도착했는지도 모른다
서둘러 떠난 함바집 주인을 욕하자는 것은 아니지만
빈 의자의 하루에 대하여
빈 의자에 부려둔 나의 피로에 대하여
누군가는 책임져야 한다
체납고지서를 보내줘야 한다
텅 빈 것들에게도 독촉장은 유효하다

꽃무지애벌레

꽃무지애벌레 한 마리 등으로 기어간다
누군가 퉷, 뱉어낸 앵두 씨 같은 그 작은 몸에도 등과 배가
있다
배를 드러낸다는 것은 항복과 복종의 의미라지만
등을 보이는 일보다 쉬웠을 것이다
아예, 깊숙이 금 그어진 몸으로 태어나는 것들이야
점점 더 깊게 파이는 그것을 무늬라고 여기며 살아가지만
온몸이 똑같이 주름뿐인 놈은
등짝만은 감추고 싶었을 것이다

아니다
골목도, 바다도, 폐사지 하나도 표시되지 않은
등짝의 주름이 부끄러워서가 아니고
주름의 갈피를 뒤적여 발을 꺼내려는 것이다
아직 걸어보지 못한 허공 중의 길 위에 닿기 위하여
등짝의 허물이 벗겨지도록 비비적거리는 것이다
걸어서 닿을 수 없다면 날아서 가겠던 약속 때문에
날개를 만들러 가려고

아직 자라지 않은 발가락을 후벼 파며 어르고 달래며
가쁜 숨을 몰아쉬듯 작은 주름이 옴찔거린다

우화를 끝낸 후에도 몸을 키우지 않고 멀리 날지도 않고
그저 그만큼의 크기로 살다가 죽는다는
꽃무지애벌레의 울음소리를 들었다는 사람은 아직 없다

비겁하게도, 온몸이 검은 색이어서
몸의 경계를 구분하기조차 쉽지 않다

목련나무 아래

바람도 없는데 목련나무 가지 흔들린다
깊은 잠에 빠지려던 어린 가지들 진저리친다
화르르 흩어지는 겨울.

가지마다 내건 새 붓 허공에 적시며
알아듣지 못할 제 마음 받아 적는데
때로 목 메이고 무릎 꺾고 싶을 때도 있어서
한숨 내쉰 자리마다 통점 선명하다

아무도 모른다

환하게 펼쳐질 꽃잎은 봄의 붓끝에서 나오는 것이 아니고
오래전 내가 써두고 온 연서라는 걸
여러 날 여러 밤 거르고 헹구어 눈물의 흔적 지웠다는 걸

묻는다
햇살의 행간마다 내걸리는 꽃잎이
스스로 수습하여 허공에 남겨둔

나의 살점인 걸 알기나 하시는지

눈 먼 사랑이 저 혼자 더듬더듬
한 생을 건너뛰어 여기까지 왔는데
너무 늦게 온 후회가 지워진 흔적을 가늠하며
우두커니 서 있다

뼛속까지 얼어붙은 기억이 덜그럭 덜그럭 마음을 뒤적인다

천기누설

검붉은 구기자들이 비밀지도처럼 널려 있는 청양장 마당
입 꼬리를 올리며 주섬주섬 쥐약 병을 꺼내는 사내
이번 장이 아니면 쥐약 구경도 못한다는 듯
마수걸이 손님을 어르는 사내의 눈알이 쥐눈이콩처럼 까
맣다

사내는 국밥 냄새 쪽으로 굽은 허리를 더 깊이 접어보지만
요지부동인 허리가 참나무 장작처럼 무뚝뚝하다
낭창한 허리를 휘감던 날짜를 적어둔 듯
펄럭이는 바짓단 속으로 빗금 선명한 나무다리가 보인다

하여간 국밥 두 그릇만 말으라구 혀
딸에게 건너가는 목소리가 부러진 화살 같다

쥐약 병은 왜 소화제 병하고 똑같은지
이걸 어디다 둬야 헷갈리지 않을지

약효를 시험해 봐야 하는데, 사내의 말을 떠올리는데 머리

칼이 쭈뼛 선다

  빗장뼈 아래 생긴 상처를 자해였다고 우기고 다니지만

  그러다가도 정말 자해였다고 헷갈리기도 하지만

  당장 쥐를 찾아 나설 수도 없고 기왕에 산 쥐약을 버릴 수
도 없고

  유통 기간도 없다는 쥐약 병을 들고

  있기는 있지만 보이지 않는 쥐를 꼭 잡고 싶은 것인지 약효
를 시험하고 싶은 것인지

  확신 없는 아침이 밀려온다

동백꽃이 화르르

그 아이를 만나고 말았네
입술을 잘근잘근 씹으며
검은 비닐 봉투에 구두를 쑤셔넣던 아이
거울 속 제 눈썹을 위쪽으로 끌어올리며 냉소를 짓다가
그대로 돌아서던 아이

그녀를 알아볼 리 없는 사람들
여기 있네, 여기 있어, 발 동동 구르며
제각각 화르르 타오르네
붉은 불길 위에 쭈그려 앉네

한 번의 망설임도 없이 모가지 툭툭 떨구는
저 지독한 꽃이
사실은 내게도 다녀간 적 있다고
다녀온 적 있다고
기어이 중얼대는 입술을 차가운 손가락으로 더듬어보네

끝까지 또록또록 눈뜨고 있다가

어느 순간 깜박 죽고 마는, 죽을 때 더욱 붉게 보이는,

아무래도 무슨 짓을 저지를 것만 같은

절정 앞에서

꽃잎처럼 피 맺힌 맨발을 내려다보는 아이

아 아 지겨워,

동백꽃 몇 송이 화르르 피네

화르르 지네

표류기

―― 경선에게

그의 목적지는 산이었다고 한다

산 위에, 벌판에, 도심 한가운데, 배를 띄우는 사람들처럼
그가 산으로 배를 돌렸던 것도 조금 특별한 희망일 뿐일지 모
른다

걸음을 옮길 때마다 기우뚱거리는 뱃전에서 별자리를 가늠
하며 밤을 새우거나 바람이 밀고 가는 한나절을 따라가면서
구석구석 서 있는 소주병의 푸른빛으로 항로를 읽었다고 한다

파도 속에서 흔들리는 산 그림자를 따라가다가 너무 먼 바
다로 나갔던 날은 모처럼 햇살의 근원을 생각하기도 했다는데

그가 눈부신 선장이었던 시절을 함께 건너온 늙은 갑판장
과 무면허 항해사가 뱃전에 내려앉은 저녁을 닦고 또 닦는다

하루 종일 폐쇄 병동의 창가를 서성이며 자신의 항로를 설

명한다는 그가, 아직 선장인 것만은 분명하므로

이 배의 항로를 변경할 수 없는 나는

알콜 공급의 기록으로 빼곡한 항해일지에 표류 일자를 적

었다 지우고 적었다 지우고

숟가락의 이동 경로

핸드백에서 꺼낸 숟가락을 들고
여자는 잠깐 실눈을 뜬다

금방 낚아 올린 갈치처럼 반짝이는 저 숟가락은
지난밤 지하 맥주홀을 벗어났다
누군가의 숨통을 열고 일용할 양식을 퍼넣으려고 태어난
자신의 본분을 안다는 듯
어둑한 지하에서 맥주병의 숨통을 틔우느라
따듯한 밥상 위에 얹혀본 적이 있었는지,
냉수 속 찬밥 덩이를 휘적거린 적이 있었는지,
자신의 숨구멍이 궁금할 겨를 없었던 시간들을 천천히 돌
아보며
모처럼 만난 햇살을 듬뿍 퍼 담는다

무심히, 바이올렛 이파리를 긁어보는 여자의 쇄골을 흘깃
대며
제 반짝임 속에 여자를 가둬보는 숟가락
또 다른 흘러가는 것들에게 잠간씩 머물면서

자신의 이동 경로를 확인하는 것은

쓸쓸한 종족들의 치졸한 전통.

저 숟가락은

당분간 작은 화분 곁에 머물 것으로 보인다

발자국 무덤

비단 필처럼 풀어지는 사막을 간다

여기는 온갖 발자국들의 무덤

평생토록 발굴 중인 바람조차도 주인을 가려내지 못한다

잘못 떨어진 별똥별처럼 서 있는 저들은

자신의 발자국을 묻으러 왔거나 사라진 발자국을 찾으러

왔거나

떠도는 자들의 버릇대로 풍문을 따라왔을 것이다

발자국의 흔적이 씨앗의 형태로 보존되는 것은

태양의 보살핌 때문이라지만

한 줄기 눈물 같은 와디로 안부를 살피고 가는 것도 목격되

지만

그들의 관계를 뒷받침할 증언은 없다

다만, 소립자로 나뉘어도 사라지지 않는 것들 중 가장 확실

한 물증일 뿐이다

그러니까! 세상에 눈에 보이지 않는 것은 없다

일설에 의하면 사막은 단 한 사람의 발자국일 뿐이라지만

그러나 너는 이미 아득하므로

나는 더 머무르고 싶지 않다

어쩌면 기록과는 달리

사막은 누군가의 몸을 부드럽게 어르던 한 필 비단의 넋은

아닐까

바라보면 깊은 잠에 빠지고 싶은데

어떤 기억은 해질녘마다 도지는 몹쓸 오한 같은 것이어서

칼칼한 목울대를 헛기침으로 다스리며

Who am I?

지갑을 두고 나오다니,
신분증이 있고 신용카드가 있고 현금이 있는 지갑
도서 상품권 두 장과 최근에 다시 쓴 유언장이 있는 지갑

어떡하나
저 가로등이 이름을 묻는데
저 신호등이 주소를 묻는데

내 안에는 와온의 노을과 청산도의 초분(草墳)이 있는데
아주 새것은 아닌 증오와 모서리 흐릿한 그림 여러 장
아직 들키지 않은 욕망도 몇 다발
이것들 아무 곳에도 쓸 수가 없다
꺼내볼 때마다 가슴 무너지는 와온의 노을도
풋것 그대로인 욕망도
햄버거 하나 살 수 없다 버스표 한 장 살 수 없다

어떤 칼을 갈아도 새파랗게 날 세울 증오를
꺼낼까, 꺼낼까, 진땀 나는 손으로

초겨울 바람이 힐끔대며 지나갈 초분의 위치를 그려주고
그 주인의 약력도 적어주면 배표를 건네줄 사람 있을까

지갑을 두고 나오다니,
지갑도 없는 나를 어디로 데려가나
지갑이 없는 나를 아무도 몰라보는 걸

내 안에 들어 있고 들어 있다고 믿는 모든 것들
세상이 돌아보지 않아 온전히 내 것으로 지니고 가는 것들
내가 비틀비틀 걷는 걸 금방 눈치채고
구석에 웅크린 채 숨죽인 이것들
아무리 착착 접어도 지갑에 들어가지 않고
악착같이 내 몸에 따라붙는
이것들 다 무엇에 쓰나

여름

일기예보가 맞는다면 태풍은 두 시간쯤 후에 도착할 것이
다
나를 바짝 뒤쫓거나 앞지르거나 저만큼 내던질지도 모르
지만
지나갈 것들은 어떻게든 다 지나간다

옆으로 비켜서거나 모른 척 스치는 것이 달려가 껴안는 것
보다 따듯할 때도 있다

절집 뜨락에서 태풍이 지나가는 걸 본다
몹쓸 일을 겪었다는 듯 겨우 겨우 달은 돋고
위로처럼 산골짝 가득 물안개 번진다
건너편 산맥들 어둠 속으로 쓰러져 눕는다
우뚝우뚝 서 있는 것들이 쓰러져 눕는 풍경은 조금 슬프다
어디선가 숨죽여 우는 사람이 있을 것만 같은 밤이다

자줏빛 칡꽃 수북한 문 앞을 내다본다
장엄한 불사로 일주문을 세웠더라면 꽃은 땅 위에 내리지

못했으리라

　하늘에 닿은 욕심을 들켰다는 듯 부처는 빙긋 웃고

　발아래 질펀한 칡꽃 향기를 밟았을까

　꽃 무더기를 헤집던 절집 강아지가 펄쩍 뛴다

　절정이 지난 배롱나무 꽃잎이 후르르 진다

　이래저래 한 열흘쯤 묵어가고 싶은

　나 같은 밥벌레에게도 만만한 절집이다

제4부

나는 청동기에서 왔다

허벅지 안쪽에 멍울이 섰다
마음이 쏘다니던 길목이 막혔다

흙장난하듯, 조물거리는 언 손에
흰 피 묻은 민무늬 토기가 잡힌다

달빛이 밝으면 또 다른 사냥터도 찾아낼 수 있겠다

다행히 어둠보다 깊은 잠이 쏟아졌으므로
발굴을 중단한다

뜻밖의 침입자가 있을지도 몰라,
오래된 돌칼을 당기며 웅크려 눕는다

달의 형상을 훔쳤던 '거친무늬거울' 속 그대에게 돌베개
를 건넨다
먼발치에서 바람의 기척이 들린다

이로써 멍울의 병명을 유추할 수 있겠다

호박

늙은 호박을 켠다

꽃 진 자리가 선명한 배꼽에 칼을 꽂는다

급소에 칼을 받고 쪼개진 호박 안에

세상에! 실뿌리를 내린 씨앗이 여러 개다

잘못 그린 음표를 지우듯 씨앗을 고르며

붉은 속살을 긁어내는데

갑자기 아랫배가 아프다

썩은 곳을 도려내던 칼을 던지고

웅크려 눕는다

실오라기 같은 꼬리를 매단 태아의 사진을 본 적이 있다

그때, 눈동자 속으로 섬광처럼 날아든 영상

너는 내 아이,

눈 코 입이 없어도 얼굴선 뚜렷하고

아직 돋지 않은 손가락 발가락이 길쭉길쭉하다

달빛을 휘어 당겨 그네를 타거나 맨발로 건들건들 나가 놀

아라

별똥별처럼 노랗게 질린 얼굴색은 차차 돌아올 테고

퍼렇게, 시퍼렇게, 흔들리며 돋은 소름은 흉이 아니다

구름이 둥둥 바람이 킬킬

바깥은 혼자 노는 것들로 와자한데

들큰하고 비릿한 날호박 냄새에

아랫배의 통증을 잠깐씩 잊으며

이걸 어쩌나,

먹을 수도 없고 버릴 수도 없는 늙은 호박의 잔해들.

달 따러 가자

달이, 천 개의 촉수를 풀어 나를 휘감는다

농익어 상하기 직전의 수밀도처럼 단내 풍기며
다정해라 달, 목을 길게 늘이고 가만히 눕는다

떠돌이 변검술사처럼 여러 겹 껴입은 이것은
단단한 죽음의 비늘이다

이미 몇 필의 바람을 베고 왔는지 비릿한 입 냄새를 풍기며
달이, 탁주 사발을 내던진 사내처럼 푹 엎어진다
눈동자 흔들리는 소리가 우레처럼 창문을 흔드는데
어느 틈에 나는 꽁꽁 묶여 있다
발버둥칠수록 구석구석 핥고 지나가는 달의 혓바닥이 뜨
겁다
뜨거운 달이라니, 뜨거운 달이 목을 베는 꿈이라니,
아무려면 어때, 나는 기어이 죽을 테야
허벅지에 걸친 구름을 확 벗겨내고
얼굴의 문살 그림자를 밀어낸다

놀란 달이 발목을 절뚝이며 감나무 꼭대기로 달아난다

이리와, 거기 있어, 닿을 거야, 네게 닿고 말거야,
아드득 아드득 이빨을 갈며 그네를 구른다
감나무 가지는 쉽게 부러지는데,
진땀이 줄줄 흐르고 입술 바작바작 타들어간다

다리를 한껏 구부렸다가 쭉 뻗는 순간
그넷줄이 툭, 끊어졌다
무릎이 깨졌나, 넘어진 채로 통증이 지나가기를 기다리며

저리도 붉은 달.

빵에 대한 맹세

아제르바이잔에서는 빵을 두고 맹세하는 풍습이 있다는데

신 앞에 무릎 꿇거나 하늘을 부르거나
머뭇머뭇 건네는 목숨쯤은 맹세가 아니라는데
아제르바이잔,
이름도 처음 듣는 낯설고 먼 나라에는
맹세로 부풀린 빵이 있다는데

따뜻하고 말랑말랑한 빵에 키스하기 위하여
밀밭 고랑을 누비는 여자
노랑눈썹솔새 소리를 촘촘히 받아 적고
치마폭 가득 바람의 냄새를 거두는 여자
꾸역꾸역 밀려오는 저녁 속으로 맨발을 슬쩍 밀어넣기도
하면서
자신의 빵 속으로 수천 수만의 길을 옮겨가는 여자
밤마다 빵 속에 감춰둔 밀밭 지도를 남몰래 꺼내보면서
새로운 길을 따라가 보는 여자
밀밭에서 데려온 것들 중 하나가 까르르 웃음 터뜨린 날이면

황금색 껍질의 빵을 내놓는 여자

날마다 똑같은 빵을 굽고 똑같은 맹세를 거듭하지만

내일도 빵을 굽겠다고 맹세하는 여자

자신의 맹세를 확인하듯

천천히 빵을 뜯어먹는 여자

돌처럼 굳은 빵 덩어리를 징검다리 삼아 전생으로 놀러가

기도 하는

발효를 끝낸 얼굴이 빵처럼 다정한 여자

아마도 몇 생을 두고 내 이름을 부를

지긋지긋한 여자

세상에는 생각만으로도 가슴 뻐근한 말이 아직 있어서

굳은 식빵 곁에서 입술 깨무는

먼 곳의 여자

열애

술이 익으려는가
항아리 속이 부글거린다

비릿하고 들큰하고 야릇한 냄새가 소문처럼 번져서
비밀에 부치지는 못하겠다

잠깐씩 덮개를 열어 후끈 달아오른 항아리를 식혀준다
알맞은 온도를 유지하지 못하면
술은 익기도 전에 발효를 중지하여 씁쓸하거나 시금털털해
진다
(적정 온도를 찾아내기까지 겪었던 실수는 기록하지 않
겠다)

담글 적마다 천상의 맛을 기대했다는
옛사람들의 기록을 뒤적인다
국화나 솔잎 따위의 향기를 빌리기도 한다는 건
지혜와 술수 어느 쪽일까
그러나 무슨 상관이랴

발효란 현재를 지우면 지울수록 완벽해지는 것

그때, 누군가의 성공담을 훔치는 건 눈물겨운 일이다

그렇지만

안주를 미리 장만하는 건

술맛을 믿지 못한다는 증거 같기도 해서

지금은 아무것도 할 수 없다

가시

두릅나무 가시가 햇살 아래 반짝인다

곁가지 하나 없이 자라는 두릅나무
얼마나 깊은 눈물 계곡을 지나왔기에 온몸에 가시를 입었나
가시들 얼음처럼 반짝이나

마음을 놓친 몸이 어떡해 어떡해 눈물 그렁대는데
가시의 본질을 이해한 바람과 나비는
생채기 하나 없이 스치고 지나간다

이런 사정도 모르는 당신이 눈물의 유전자를 화학기호로
표기하고 있을 때
반짝이는 것들의 독성을 눈치챈 나는 해독약의 목록을 작
성한다
얼음을 깨물다가 이빨이 부러졌다는 증언을 첨부하고
가시가 되지 못한 이파리도 하나 떼어온다
맛이 쌉쌀하고 향기 진한 건
차가운 눈물이 발효 중이라는 증거다

목록의 맨 끝에 눈물과 가시와 얼음의 관계를 주석으로 달
아둔다

본문을 읽지 않는 당신을 위한 배려이지만

생각보다 난해한 기록이어서 이해를 기대하지 않는다

입증된 적 없는 약효의 비밀을 위하여

몇 번의 기도로 자료를 봉인한다

손톱 긴 겨울 저녁만이 이 봉인을 열 수 있을 것이다

꽃의 일

옻닭을 먹으러 간 것 또한 꽃의 일이어서
우리도 꽃 필 궁리 좀 하자는 말에
꽃? 꽃! 눈 꼬리 사물사물 접으며
뜨거운 살점을 뜯었다

바람도 입맞춤도 깨우지 못한 살갗을 들추고
한순간 열꽃 핀다, 피었다, 피면서 바로 만개다
피고는 지지 않을 듯 기세등등하다
나, 꼼짝없이 옻의 숙주가 된다
화끈 달아오른다

나는 천 년쯤 묵어 사람 형상을 한 불꽃이다

몰래 몰래 손톱을 물어뜯어
기어코 돋는 새순을 잘라내곤 하는데
꽃이 꽃을 알아보는 일이야 어쩔 수 없지만
전생의 언어로 적어둔 불의 주소를 찾아낸

이것은 오직 꽃의 일이니

뿔뿔이 흩어진 별별 봄날을 다 불러보며
이제 꽃이 아니야, 빛바랜 묘비명을 읽으며
벌겋게 독 오른 꽃숭어리를 쥐어뜯고 후벼 파서
이름도 색깔도 낯선 꽃을 깨워놓고
어쩌나 어쩌나
꽃의 목록을 더듬는다

목련차에 바치다

끓는 물처럼 와글거리는 장마당에서 목련차를 마신다
비릿한 풋내가 천천히 번진다

좌판 위에 수북한 마른 꽃봉오리들
희끗희끗 속살 드러난 것들도 있어서
나무에서 떨어지는 순간 흡뜬 눈자위이거나
꽉 깨문 이빨만 같아서
얼른 손을 거둔다

맛이 쓰고 맵고 성질이 차다는 건
맺힌 것이 많다는 것이라고
얼마라도 풀고 가야 하지 않겠느냐고

장마당 가득 겹겹이 내걸린 오방색의 만장들

누가 저리 섧게 울고 갔는가
반짝이는 눈물이 얼비쳐 꽃무늬 조사(弔詞)를 읽기 어렵다

꽃 피지 않아도 꽃인 줄 알고
몸 빌리지 않아도 꽃 필 줄 아는 게 마음이라고

더듬더듬 읽는다

말끔히 물기 걷혀 파르르 날개 터는 주검 앞에
머리핀 좌판에 앉은 나비를 슬그머니 옮겨주고

나, 접신을 시작한 무녀처럼 휙 돌아선다

석불여래좌상*에게 쓴다

들키기 위해서 나선 길이다

이게 나야 내 얼굴이야 눈썹을 그리고 코를 풀고 이빨을 닦
으면서 작은 꽃밭 가꾸듯 정 붙이고 살았는데

거울을 보면 문득문득 나타나는 얼굴이 있다 내 꽃밭을 헤
치고 불쑥 솟아나 한참씩 울먹이는 그대를 숨기고 사느라 나
는 늘 숨을 헐떡인다

뽑아도 뽑아도 다시 돋는 그대를 세상 천지에 대놓고 들켜
버리려고 나선 길이다

누가 봐야 할 텐데 저것들 기어이 만나고야 만다고 허긴
기다림을 당할 게 천지간에 있겠느냐고 모두 수근거려야 할
텐데

천 년쯤은 찰나라고 우기며 솜털 하나 변하지 않았다지만
오른쪽 넓적다리 움푹 파인 걸 보면 밤마다 무릎걸음으로 헤
매는 게 분명해

여기 그대의 목을 가져왔어 오늘은 꼭 돌려줄 거야 다시 나

를 부려 세상을 보려 하지 마 그대가 본 것을 내가 봤다고 착
각하게 하지 마

　나는 이제 무서워 그대의 목이 내 가슴까지 뿌리를 내렸어
더 망설이다가 나는 통째로 먹혀버릴 거야 아무리 뽑아내도
다시 돋아나는 그대의 목을 나 세상에 들켜버리고 말거야 꾸
역꾸역 피를 토할 거야 내 몸에서 올라오는 피를 그대 목으로
토할 거야 마음이 정한 주인은 마음의 것일 뿐 이름이야 없어
도 그만이야

　그대 목을 돌려주고 나 목 없는 몸으로 가뿐히 내려갈 거야
마음에 머무는 것들이 영원하다는 건 사실과 다르다고 고개
끄덕이며 이제 그만 열반에 드시기를

　먼지 풀썩이는 맨땅에 엎드려 세 번 절하고 돌아간다

* 경주 남산 삼릉계곡에서 천 년을 사시는 목 없는 부처.

두더지

세상에 적막보다 두려운 게 없다고 믿는 사내

보이지 않는 밥, 보이지 않는 사랑, 보이지 않는 눈물,

어둠을 파면 어둠, 어둠을 파면 어둠,
빈틈없이 들어찬 어둠으로 지울 수 있는 건
보는 것에서 놓여난 눈과 증명할 주인을 놓친 그림자뿐
혼자가 된 몸뚱이가 방향도 없이 부풀어
날마다 조금씩 등이 굽고 말수 점점 줄어든다

보이지 않는 것들이 다 거기 있다고 믿으며
가끔은 온몸으로 어둠을 후벼 판다
그때마다 단단한 적막에 부딪쳐 손톱 빠지고
허방을 짚은 발목 꺾인다
스스로의 깊이를 짐작하지 못하는 어둠은
통증까지도 거침없이 먹어치운다

서서히 캄캄해지는 몸을 더듬으며
사내는 차츰 어둠을 즐기지만

경계가 없는 날들이 두려울 때면 없는 눈을 질끈 감는다

어둠을 경작 중인 대물림의 땅을 한 뼘이라도 늘려보려고
해 뜨기 전부터 길을 나서는지
텃밭 이랑이 빠르게 들썩인다
자신의 행로를 세상의 아침에게 들킨 것도 모르고
사내는 여전히 질주 중이다

와디

쭈글쭈글한 얼굴을 부르르 떨며
폐지 리어카를 끌고 가는 노파

느릿느릿, 그러나 최선을 다해,
자신의 속도를 확인하듯 발밑을 바라보며

빈 것들의 무게 위에 얹히는 바람을 위로 삼아
달리고 있다고 믿으며

지루함을 참을 수 없어 뒤로 슬쩍 물러나는 바퀴를 모른 척
죽어도 죽어도 죽어지지 않는 하루를 끌고

죽고 싶어,
세상의 다른 말은 다 잊어버리고 오직 한마디만 되뇌이며

산처럼, 태산처럼, 쌓아올린 빈 박스 속에
빛바랜 무지개를 감추고 흘러가는 노파

세상의 변두리에 버려진 껍질들을 주워 모아

자신의 목숨을 얼기설기 꿰매면서

무지개를 닮은 자신의 굽은 등을 곰곰 생각하는지
땀도 눈물도 아닌 물기를 쓱 문지르며

젖은 손바닥에 놓인 몇 푼의 돈을 꼭 쥔
아무도 모르는 여자의 와디가 불빛 아래 반짝인다

콜드 게임

창밖에 붉은 십자가가 보인다

잠들어야겠다. 잠들 수 있겠다.
도돌이표가 많은 악보처럼 검은 벌레 따위가 우글거리는
머릿속을
오늘밤 저 불빛에게 맡겨버려야겠다
잘못 날아온 말의 씨앗들이 눈꺼풀을 들추지만
너무 늦게 오는 것들은 상처가 많기 쉬워, 혹시 내게 옮을까
끝까지 눈뜨지 않는다

사실 나는 물의 아이였다
지금도 사계절 내내 손발이 차갑고
진부하게도, 허방이나 옛사랑으로 위장한 채 매복한 얼음
조각들이
베일 듯 찌를 듯 날카로워 손댈 수 없다
몇 번인가 불씨를 구한 적도 있지만

나는 물의 아이, 불붙지 못했다

전봇대 그림자 속에 숨어들거나 담장에 바짝 붙어선다

불빛을 훔쳐보며 나, 이만큼에서 조금씩 녹으며

불빛 쪽으로 나가려는 손등을 물어뜯는다

어디까지 다가서야 꺼지지 않는지 알았다

그의 게임 규칙을 이제야 터득했다

밤마다 머리맡에 꺼내놓는 젖은 기록들이 아침이면 얼마쯤
말라 있다

창밖의 불빛은 차갑고

바람은 창문을 흔들기만 했는데

누군가 내 잠을 읽고 갔다

표절
― 지언에게

L은 화가다

젊고 키가 크고 눈물이 많다

울음의 공식을 잊은 지 오래인 나의 술친구이다

그의 화실에서는 맥주와 담배가 비상약으로 쓰인다

약효를 장담할 수 없다고 빙긋거리지만

나는 몇 번의 치유를 경험했다

그대의 전생은 미루나무였을 것이라고

이파리, 이파리를 흔들어보라고

나는 한 말을 하고 또 하고,

'분노의 순기능을 생각하고 있어요' L도 혼잣말을 중얼거
린다

그가 흘린 '분노의 순기능'을 얼른 집어 삼킨다

가슴을 탁탁 두드리며 오늘 맥주는 질기네, 능청을 떤다

소화하기 어려워서 다시 토해낼지도 모르지만

돌려줄 생각은 없다

내가 그의 그림을 받아 적는 건 명백한 표절이지만

우리는 이미 탄생이라는 표절을 겪어냈으므로
크게 문제 되지 않을 것이다

모처럼 눈물겹다

감자 굽는 저녁

은박지에 싼 감자를 모닥불 속에 던져넣는다
허리를 꺾은 채 휙, 돌아서는 불길
일제히 손바닥을 펴 불길을 막아내는
몇 번이고 뜨거운 것에 데어본 고수들
주춤 물러서거나 슬쩍 몸을 기울여 불땀을 확인한다

감자라고?
감자 따위는 먹고 싶지 않은 누군가가
돌멩이를 넣었을지도 모른다
구운 감자 하나를 먹는 것보다
구운 돌 하나를 품는 밤이 훨씬 따뜻하다는
조금 모호한 주장을 믿어버리면
구운 것들이 모두 말랑하지는 않다는 걸 알게 된다

눈동자를 쓰윽 핥고 지나가던
초저녁 모닥불의 문양이 선명한 얼굴들
덜 익었거나 숯덩이처럼 타버린 감자를 꺼내놓고

모닥불 곁에 주저앉는다

세상 것들을 두루 구워본 무림 고수들이
잘 익은 감자를 고르겠다고 허둥대는 밤이다

눈물을 기다리는 잠깐

바람 부는 쪽을 자주 쳐다본 탓일까
눈 속에 무엇인가 들어가서 나오지 않는다
눈을 감고 눈물을 기다려보지만

슬픔이란 불러서 오는 것이 아니었는지

한참을 기다려도 눈물은 나오지 않아
생각만으로도 철철철 눈물 흐르던 한순간을 꺼낼까 망설
인다

자신도 모르는 길을 품은 채 여기까지 왔는지
거울 속 붉은 눈동자에는
어디로 향했는지 알 수 없는 길들이 어지럽다

불타오른다고 믿으며 울었고
틀림없이 누군가 빠졌을 거라고 믿으며 울기도 했지만
바람 한 점 없이 고요한 날들도 있었는데

눈 속에 들어왔으나 바라볼 수 없는 무엇이

메마른 슬픔을 후벼 파고

방목된 바람을 따라가던 헛된 길 위에서
나는 그저 눈감고
형체 없는 것들에게 바쳤던 뜨거움의 목록을 뒤적일 뿐

아무래도 혼자서는 빼낼 수 없는 지독한 것이
하필이면 눈 속에 박힌 것이다

내면화된 울음으로 낯선 풍경 견뎌내기

오태호

1. 꿈속의 그림자 들여다보기

박미라 시인은 낯선 풍경과의 전투에 힘겹게 임하고 있다. 낯선 풍경은 시인의 내면에 내재하기도 하고, 외부에 산재해 있기도 하다. 시인의 심미안이 내부 혹은 외부를 향하여 작동하는 순간 그 풍경들의 낯섦은 시인의 언어로 육화된다. 그리고 그 언어적 풍경이 이번 시집에 채집되어 있다. 이물적 존재감, 천 년의 감각, 몸의 육체성, 울음, 눈물 등이 그 키워드들에 해당한다.

시인은 '시인의 말'에서 지금 여기를 '꿈속'으로 명명한다. 현실을 꿈속으로 인식하는 태도는 장주몽적 세계관을 닮아 있다. 꿈과 현실이 뒤섞이는 혼돈의 양상을 전제하고 있는 것이다. 하지만 시인은 끝내 "꿈속을 건너갈 것"이라고 다짐한다. 왜냐하면 여기 '꿈속'은 "어디에도 없고/어디에나 있는" 지긋지긋하고 참혹하여 "끝끝내 비루한 그림자들"이 존재하는 공간이기 때문이다. 여기 '꿈속'을 향해 시인은 "나를 좀 내버려두"라고 호소한다. 하지만 그 호소가 먹힐 리는 만무해 보인다. '꿈속'이라는 공간은 현실 공간에 자리하지 않기 때문에 "어디에도 없"는 부재의 공간이지만, 시인이 분명하게 "어디에나 있는" 실재의 공간으로 감각하고 있기 때문이다.

부재와 실재를 유동하는 '꿈속' 같은 공간은 '억압된 무의식의 공간'으로 누구에게나 존재하는 것이 사실이다. 하지만 박미라 시인에게 그 공간이 문제적인 것은 그 내부에 지긋지긋하고 참혹하며 "끝끝내 비루한 그림자들"이 존재하고 있기 때문이다. '지긋지긋'하다는 것은 '꿈속의 그림자들'이 오랫동안 시인의 내면에 흡착되어 있기 때문이다. '참혹'하다는 것은 그 풍경의 형상이 비참하고 끔찍한 감각으로 드러나기 때문이다. '비루'하다는 것은 자신을 닮은 그림자의 형상이 비천하고 누추하기 때문이다. 결국 '꿈속의 풍경'은 거부하기 어려운 실체로 각인되어 시인에게 '지긋지긋하면서도 참혹할 정도의 비루한 형상의 그림자들'로 실재한다. 시인의 시쓰기는 그 그림자들의 세계를 언어로 부려놓는 행위에 해당한다. 시인의 그림자 드러내기 퍼포먼스를 함께 공유하면, 내 안의 꿈속의 형상을 마주할 수 있다. 그러므로 우리는 '치유하는 시 읽기'에 젖어들게 된다. 시인의 꿈속 표정이 편재적 보편을 지향하는 특수한 개별의 양상이기 때문이다.

2. 이물적(異物的) 존재감의 개진

시인의 이번 시집에는 돌과 새, 꽃의 이미지가 자주 등장한다. 바슐라르 식으로 이야기하자면 통상적으로 돌은 단단함의 상징인 물질적 상상력, 새는 자유로운 비상으로서의 역동적 상상력, 꽃(=나무)은 천상과 지상을 매개하고 자연의 생명적 순환을 환유하는 식물적 상상력을 표상한다. 하지만 시인에게 그 이미지들은 자아화된 세계의 풍경을 보여주는 객관적 상관물에 해당한다. 나의 내면을 드러내기 위해 세계로부터 호출되고 선택된 이미지들인 것이다.

이번 시집의 처음을 장식하고 있는 「돌과 새의 행간」은 시인의 내면을 장악한 '광물적이면서도 역동적인 상상력'을 결합한 이물적 이미지를 보여준다.

> 그가 쓸개에서 꺼낸 붉은 돌 하나를 보여준다
> 어둠 속에서 태어난 작은 돌은
> 뱉어낸 지 오래인 객혈처럼 조금 적막하다
>
> 이 일을 정말 그가 계획했을까
> 제 몸을 조금씩 돌로 만들어, 잘게 부수어,
> 은근슬쩍 지워지고 싶었을까
>
> 불붙지 않는 마그마를 품은 채 너무 오래 걸었다
> 분별없이 떨구는 눈물처럼
> 한 방울 담즙 따위로 무게를 덜어내는
> 지상의 나날들은 참혹하거나 지루하여

잔뜩 웅크린 채 돌의 시절을 부르고 있는
그의 기억이 맞는다면
노을 빛깔의 날개가 돋을 것이다

죽은 새처럼 보이는 저 돌을 힘껏 던지면
던지는 쪽으로 날지 않고
허공을 맴돌다 아무도 모르는 어떤 별로 돌아갈 것 같은데

사라진 쓸개에 대하여 발설치 않을 것을 혼자 다짐하며
문 앞에서 돌아본 병상 위에
붉은 새 한 마리가 깃털이 빠진 자리를 더듬고 있다

금강석처럼 반짝이는 부리를 가진 미기록 맹금류였다
　　　　　　　　　　　　　　　　　—「돌과 새의 행간」 전문

　시의 서사적 이미지를 추적해 보자면, 시인은 '그'가 "쓸개
에서 꺼낸 붉은 돌 하나"를 보며, 그 작은 돌이 "뱉어낸 지 오
래인 객혈처럼 조금 적막하"게 느껴진다고 판단한다. 그 돌은
"분별없이 떨구는 눈물처럼" 내면의 무게를 덜어냄으로써 지
상의 날들이 "참혹하거나 지루"한 현실이었음을 증명한다. 지
나온 "돌의 시절"을 그가 웅크린 채로 기억해 내면 노을빛의
날개가 돋아날 것으로 시인은 상상한다. 단단하게 굳어졌던
기억이 되살아나기 때문이다. 그러나 이미 "죽은 새처럼 보이
는" 그 돌을 집어던진다면 "아무도 모르는" 미지의 별로 돌이
돌아갈 것으로 추정된다. 그로부터 잊혀질 것이기 때문이다.
시인은 "사라진 쓸개"를 발설하지 않을 것을 다짐하며 병상의

그를 바라본다. 그리고 그는 "붉은 새 한 마리"가 되어 깃털 빠진 자리를 더듬는 존재로 환유된다. 그는 "금강석처럼 반짝이는 부리를 가진 미기록 맹금류"로 시인의 내면에 채록되는 것이다.

쓸개가 없어진 환자 '그'를 병문안 간 시인이 쓸개에서 끄집어낸 '붉은 돌 하나'를 보면서 상상력을 작동하여, 지상의 참혹하고 지루한 날들이 그 내면의 돌에 버무려져 돌의 시절과 새와 기억을 통해 허공을 향해 날아가는 돌팔매질을 연상하는 것으로 시상은 마무리된다. 그리하여 '그'라는 영장류가 실은 '붉은 새 한 마리'의 존재감을 지닌 채 살아왔으며, 금강석의 부리를 소유한 "미기록 맹금류"였음을 기록한다. 영장류인 인간의 쓸개에서 꺼낸 붉은 돌 하나의 이미지 추적을 통해 '돌과 새의 행간'을 독해하며 그 인간을 맹금류라는 이물적 존재로 환원하고 있는 것이다.

이러한 이물적 이미지로의 전위는 시인이 환유적 인접성의 원리를 활용하고 있음을 보여준다. 인접한 다른 존재로의 연상을 통해 개별 존재의 본질적 의미를 유추하고 있는 것이다. 이것은 시인의 내면에 "Tic이라는 이름의 새"(「틱(Tic)에 대하여」)가 존재한다고 진술하는 시에서도 드러난다. 그 새는 "제멋대로 가슴에 터를 잡은 낯선" 존재이다. 잘 익은 시인의 잠을 꺼내 먹는 그 새는 "마른 정강이쯤에 걸터앉아 하루를 시작"하며 "돌보다 무거운 새"로서 "느닷없이 무릎팍을 후려치거나 가슴을 쥐어박아" 시인을 "쓰러트리는 새"이다. 그 새를 찾으려고 시인이 자신 내부의 것들을 쏟아놓지만, '익명의 입맞춤, 노을 한 점, 강아지 한 마리, 국밥, 바람 소리' 등이 바깥에 부려진다. 그렇게 "오래전부터 보이지 않는 것들로 가득 찼던" 시인을 "혼자 차지한" 새는 "천 개의 바늘로 만들어진 부리를 가진" 존재로 인식된다. 이렇게 보면, '그'라는 사내뿐만이 아니라 '나'라는 시인 역시도 금속성 부리를 소유한 맹금류에 해당하는 조류적 존재감을 내장한 영장류인 것이다.

시인은 「일몰의 내부」에서도 강물 위에 떠 있는 두루미 몇 마리를 보면서 "구름보다 고요한 저 새를 울음이라고 부르"고 싶다고 기술한다. "물속에 든 울음의 그림자를 건져 올리면/ 허공에 떠 있던 울음이 제 그림자 위로 내리"면서 "배경도 울음도 제각각의 심장을 두근대며 순간의 문양을 새기는" 진풍경을 만날 수 있기 때문이다. 저녁 하늘 아래의 두루미를 보면서 시인은 "한 생을 천 년이라고 우기"면서 "울음의 배경으로" 자리 잡고 싶다는 욕망을 토로한다. 그리하여 "마음도 배경도 헛꿈이라고 명명하는 저녁"에 흘러가는 것이 '자신도 아니고 새도 아닌' 그 둘의 풍경임을 토로한다. 이렇게 보면 이물적 존재감은 시인의 시작 태도의 본질에 해당함을 확인할 수 있다.

마음과 배경이 풍경이 되는 모습은 다음 생을 진눈깨비로 희원하는 시 「부음」에서도 드러난다. 시인은 봄날 저녁에 "눈도 아니고 비도 아니"기에 "눈도 있고 비도 있다"는 의미를 내포한 '진눈깨비'가 퍼붓는 모습을 보면서 다시 태어난다면 "진눈깨비로 태어나야겠다"라고 다짐한다. 경계를 넘나드는 '진눈깨비로의 재생'을 "다음 생의 희망"으로 적는 시인은 양가적 정체성을 지닌 존재가 되고 싶은 것이다. 맹금류적 정체성을 토로하던 영장류 시인은 타인과 자신과 풍경과 세상을 함께 들여다봄으로써 이물적 이미지를 내장한 이종적 존재인 것이다.

3. 천 년의 감각에 대한 희원

이종적 존재로서의 시인은 천 년을 욕망한다. 한평생으로 백 년도 살기 힘든 인간에게 '천 년'은 헤아릴 수 없는 시간의 무한성을 강조하는 시간대로 활용된다. 「일몰의 내부」에서 "한 생을 천 년으로 우기"고 싶다고 언급했듯 시인은 '천 년의 감각'을 내면화하고 싶은 존재이다. 그리하여 무한의 시간을 내포한 '천 년'이라는 시간은 시집의 곳곳에서 시인이 자신과 세계를 인식하는 더듬이 역할을 수행한다.

'날것들의 역류 흔적'을 지우려는 시인은 "천 년 동안 말린 불의 줄기"(「역류」)인 독초를 달여 마시면서, 그 "불길로 잠깐 환해지는 몸"을 감각하기도 한다. 그리고 '천 년'이라는 아득한 시간은 "지금도 천 년 전의 그 바람을 밀어 올"리면서 "멀쩡한 다리로 절뚝절뚝 헌화로를 지나"는 '천 년 전 헌화 노인'을 상상하며 "혀를 깨문다"(「후일담」)라는 진술로 이어진다. 고려가요인 「헌화가」를 염두에 둔 '노인과 수로부인'의 후일담을 천 년 뒤의 존재인 시인이 새로이 기록하고 있는 셈이다.

'천 년'에 대한 '일종의 강박'은 하루가 저무는 시간대가 되면 시인이 "천 년쯤 후에 누가 나를 옮겨 적"을까를 고민하며 "알 수 없는 울음소리"가 "끊길 듯 이어질 것"(「오드 아이」)

을 상상하는 것으로도 이어진다. 뿐만 아니라 "눈과 귀를 버리는데 천 년이 걸린"다고 생각하는 시인은 시와 자신이 "서로를 알아볼 수 있는 건 천 년보다 더 오래 흘러왔기 때문"(「반갑거나 무섭거나」)이라고 짐작하기도 하고, 열꽃과 꽃에 대한 단상 속에 스스로를 "천 년쯤 묵어 사람 형상을 한 불꽃"(「꽃의 일」)으로 명명하거나, "천 년쯤은 찰나"라고 여기는 목 없는 석불여래좌상에게 "그대 목을 돌려주고" "목 없는 몸으로 가뿐히 내려갈"(「석불여래좌상에게 쓴다」) 것이라고 기록하기도 한다.

이렇듯 '천 년'은 천 년 전과 천 년 후를 연결하는 마디점으로서의 시인의 몸을 환기하게 한다. 이러한 마디점이 되기 위해서는 '여러 겹의 죽음'을 예비하고 사유해야 한다.

강진 백련사로 동백꽃 보러갔지요
꽃은 이미 지는 중이어서 길 위에 낭자합니다
너무 늦게 온 나는 고개 푹 숙이고
물끄러미 바라보며 있었습니다
죽음이 이만큼만 황홀하다면
서슴없이 그대를 버릴 것도 같습니다

듣기로는 이맘때면 동백나무 숲에서
수상한 울음소리 들린다고 해요
울고 있는 것이 나무인지 꽃인지 혹은 둘이 함께인지
모르지요 강진 앞바다를 떠돌던 다산의 혼백이
밤바람을 핑계로 다녀가는 길인지도 모르지요
한 시절 정인으로 살았던 그의 발목에 매달려

나 아직 이렇게 울울창창하다고
어린애처럼 눈물 뚝뚝 떨구는지도 모르지요
사실은 꽃도 잎도 다 그만두고
다산의 흔적도 백련사 흙담장도 다 그만두고
순간을 백 년처럼 늙어 흙이 되고 싶은지도 모르지요
제 살점 뚝뚝 떨어지는 환장할 봄날을
이제 그만 견디고 싶은지도 모르지요

누구라도 선 채로 죽고 싶을 때가 더러 있겠지요
—「돌연사를 꿈꾸다」 전문

　천 년을 욕망하는 시인에게 "순간을 백 년처럼 늙"자고 하
는 것은 그다지 중요하지 않은 것처럼 보일지도 모른다. 하지
만 천 년을 내면화한 시인은 동백꽃의 죽음을 보며 '그대의 버
림'을 욕망하게 된다. 왜냐하면 길 위에 낭자한 동백꽃의 죽음
이 '황홀한 죽음의 표정'을 보여주기 때문이다. 동백나무 숲
에서 들려오는 "수상한 울음소리"를 '꽃과 나무의 울음'이거
나 '다산의 혼백'이 다녀가는 것으로 연상하던 시인은 "그의
발목에 매달려" 울어대는 "한 시절 정인"의 삶을 환기한다. 울
음소리가 옛 기억을 호출해 내고 있는 것이다. 그러한 연상은
"순간을 백 년처럼 늙어 흙이 되"기 위해, "제 살점 뚝뚝 떨어
지는 환장할 봄날"을 견디지 못해 동백꽃이 지고 있다는 사실
에 대한 인식으로 이어진다. 그리하여 "누구라도 선 채로 죽고
싶을 때가 더러 있"을 것으로 추정하며 '동백꽃의 돌연사'를
상상한다.
　시인이 나무처럼 돌연사를 하고 싶은 이유는 목련나무에게

서 "환하게 펼쳐질 꽃잎"이 "봄의 붓끝에서 나오는 것이 아니고/오래전" 자신이 "써두고 온 연서"(「목련나무 아래」)라고 자부하며, 그 꽃잎이 "스스로 수습하여 허공에 남겨둔" 자신의 살점'이라고 선언하는 것으로도 이어진다. 모든 나무들은 자신의 살점을 연서처럼 몸에 새기고 지상으로 낙화시키는 존재인 것이다. 꽃잎을 오래전에 써둔 자신의 연서로 생각하듯 시인은 '오래전'과 '오랜 후'라는 시간을 '천 년'이라는 기표로 고정화한다. 그러므로 '천 년'은 '비루한 꿈속' 같은 지금 여기를 벗어나 무한에 대한 시인의 욕망이 빚어낼 수 있는 최대치의 시간감을 압축한 것이다.

4. 시간이 발효된 몸의 육체성

시인은 왜 천 년을 욕망하는가? 시인이 백 년도 못 사는 육신의 한계를 지닌 인간이기 때문이다. 자신의 육체적 한계를 자각하면서 그 한계를 뛰어넘은 존재감을 기록하기 위해 시인은 '천 년'을 욕망하는 것이다. 그렇다면 시인에게 '몸'이란 무엇이고, '몸의 육체성'이란 어떤 모습으로 기록되는가.

시인은 타인의 몸과 자신의 몸을 통해 몸의 육체성을 확인한다. 먼저 시인이 "바람에게 몸속을 점령당한 사내"(「통풍」)에 대해 관심을 기울이는 것도 어둠과 시간이 '그'의 몸 내부의 뼈와 살을 저미고 나눈 것이기 때문이다. "바다의 힘줄"인 장어를 재단하는 횟집 주인의 몸에서 힘줄과 쇄골에 "더운 김이 서리"는 모습을 관찰하는 것도, 그의 "유난히 물기 번득이는" 눈동자를 보며 "바다의 힘줄뿐이 아니고 파도의 무늬까지 벗겨온 것"(「목격」)을 상상할 수 있기 때문이다.

타인의 몸에 대한 관심과 성찰은 남성만이 아니라 시인의 어머니와 이웃 할머니의 모습에서도 이어진다. 그리하여 시인은 생일날이면 "황홀한 마술"을 펼치던 어머니가 차려준 생일상 앞에서 "윗니 세 개 아랫니 두 개 남은 입"으로 웃으며 "많이 먹어라 맛있다"라고 하자, "주문을 잊어버린 마술사"의 존재감을 아프게 확인한다. 과거로부터 지금에 이르기까지 시인의 희망이 "그의 후계자가 되는 것"(「생일」)이었다는 고백은 이 시가 어머니를 향한 사모곡에 해당함을 보여준다. 그리고 녹슨 철길 위에서 사진을 찍고 있는 할머니들의 모습을 보면서는, "모처럼 추억의 배경이 된 철길의 등뼈를 훑으며/굼실굼실 흘러가는/단단하여 한결 쓸쓸한 추억의 등뼈들"을 연상하며, "등뼈만으로 백악기의 공룡을 불러내는 손"(「추억은 단단한 등뼈를 가졌다」)을 상상한다. 어머니와 할머니들은 지난 추억과 오래된 현실을 환기하는 쓸쓸한 풍경들인 것이다.

몸은 생장소멸에 대해 정직하다. 타인의 몸뿐만 아니라 숭어나 나무 등 이종적 존재들의 몸도 시인의 관심 영역 안에 존재한다. 그러므로 시인은 숭어 낚시를 하면서 "손끝을 타고 올라오는 죽음 직전의 비명"을 감지하며 "중심을 잃으면 지는 것"(「낚시」)인 인생의 진실을 깨닫는다. 시인은 나무에게서도 몸속을 본다. "이파리들을 모조리 펼친 그 나무"가 "한 채의 빈집처럼 고요"하게 "살과 뼈의 경계를 모두 허물"(「그 나무」)며 자신의 몸속을 허물어 "노련하거나 질긴 혹은 무심한 지경에 닿"는 신성한 나무임을 주목한다. 그 나무의 소리는 "비명

인 듯", "숨비소리인 듯"한 '처음의 소리'로 숲을 퍼져나가기
때문이다.

시인은 몸을 시간의 누적이자 발효이며, 울음의 흔적이 새
겨진 공간으로 파악한다. 그리하여 시인이 보기에 "세상의 모
든 몸들 속에는 억겁을 돌아온 시간이 겹겹이 쌓여 있"(「풀」)
으며, "몸이 지워지는 것은 시간의 발효일 뿐 몸의 주인과는
무관한 일"로 인식된다. 시간의 누적과 발효는 몸의 생리적 현
상으로서 '몸주'와는 무관한 현상으로 파악되는 것이다. 뿐만
아니라 시인에게는 '그의 곡기 끊은 몸'을 보며 "마음이 몸을
부릴 수 없다는 건/세상에서 가장 치사하고 더럽고 처절한 싸
움"(「봄날은 온다」)이라면서, "몸의 갈피마다" "울음의 흔적"
이 새겨져 있는 것을 상상한다.

그렇다면 시인 자신에게 몸의 육체성은 어떤 모습으로 현상
하는가.

　　– 예지몽을 꾸었다.
　　　뱀 한 마리가 내 이불을 덮고 천연덕스럽게 누워 있었다.–

등에 담이 들었다
급소를 공격당한 짐승이라니!

낯선 꽃뱀 한 마리 내 등짝에서 놀고 있다
불꽃 모양의 혓바닥에 불꽃 무늬 껍질을 입었다
닿는 것마다 태워버리던 전생을 버리고
뼛속까지 차가운 몸으로 다시 왔지만
불보다 뜨거운 독을 이빨 속에 고스란히 감추고 왔다

곁가지 많은 등뼈를 파고들며 웃는다
차가운 꼬리로 뭐라고 뭐라고 적는다
해독할 수 없는 등짝이 입을 딱딱 벌리며 운다
내가 풀밭이었니? 그러니까 내가 너의 그늘이었니?
아무래도 태울 수 없는 돌무지였니?
입속을 맴도는 말들이 모래처럼 서걱이는데

열두 길 마음속을 헤집는 차갑고 길고 징그러운 인연

밤은 이미 깊고 불은 꺼졌는데
나란히 앉아서 아홉 시 뉴스를 볼 것도 아니면서
손가락 데어가며 불씨를 살릴 것도 아니면서
속이 훤히 비치는 통증의 복면을 뒤집어쓴 채

차갑게 웃는 뱀 한 마리
우리 집에 왜 왔니?
우리 집에 왜 왔니?

―「우리 집에 왜 왔니?」 전문

시인의 내부에는 뱀이 자리한다. 뱀은 통상적으로 '지혜,
다산, 창조, 치유, 부활, 욕망' 등을 상징하는 파충류이다. 시
인에게도 뱀은 그러한 속성을 내포하면서 시인의 결핍된 내
부를 장악한다. '예지몽'을 꾼 시인은 '뱀 한 마리'가 자신의
"이불을 덮고 천연덕스럽게 누워 있었다"라고 경구처럼 선언
한다. 시집의 표제작인 이 작품에서 시인은 뱀의 이물감을 내
면화하면서 스스로를 등에 담이 들어, "급소를 공격당한 짐

승"이라고 자술한다. "낯선 꽃뱀 한 마리"가 등짝에서 놀고 있는 환각을 경험하는 것이다. "불꽃 모양의 혓바닥"으로 "닿는 것마다 태워버리던 전생"을 넘어 "뼛속까지 차가운 몸"과 "불보다 뜨거운 독"을 가진 뱀이 돌아온 것이다. 그렇게 냉열의 양극성을 내장한 뱀이 시인의 몸을 풀밭이나 그늘이나 돌무지로 여기며 등짝에서 울고 웃으며 생활한다. "차갑고 길고 징그러운 인연"을 떠올리던 시인은 "차갑게 웃는 뱀 한 마리"를 상상하며 "우리 집에 왜 왔니?"라고 반복해서 질문한다. 시인의 몸에 냉소적 뱀을 포함하여 다양한 동식물과 사물이 존재할 수 있는 것은 시인의 내면에 '와온의 노을, 청산도의 초분(草墳), 새것이 아닌 증오, 모서리 흐릿한 그림 여러 장, 들키지 않은 욕망 몇 다발' (「Who am I?」) 등이 자리하기 때문이다.

이렇듯 시인의 몸은 낯선 풍경에 대해 민감하게 반응한다. 시인은 꿈속에서 "빗줄기보다 먼저 도착한 빗소리"를 "앙다문 이빨 사이로 줄줄 새는 울음소리"(「오른쪽 귀의 취향」)로 듣기도 한다. 하지만 잠을 깨면 현실에서 "창밖은 햇볕이 쨍쨍"할 뿐이다. 이명처럼 들려온 꿈속의 "낯선 빗소리"를 오른쪽 귀에 묻은 시인은 "밤낮으로 들리는 빗소리 때문에 세상의 소리들"을 듣지 못하게 된다. 이렇게 꿈속의 빗소리가 실제의 소리를 지우는 현실은 "뜻밖의 횡포"로 여겨지고, "오른쪽 귀의 소심한 반란" 속에서 "고흐의 자화상을 생각"하는 시인은 '오른쪽 귀의 취향'을 수용하게 된다. 꿈속의 현실을 또 하나의 현실로 받아들이는 것이다.

시인은 '낯선 빗소리'만을 수용하는 것이 아니라 '낯선 길'

위에 쓰러지거나 낯선 섬을 방황하면서 '낯선 풍경'을 내면화한다. 그리하여 어제 내다버린 "마지막 남은 슬픔"을 오늘 다시 찾으러 나섰다가 시인은 "낯선 길 위에 쓰러"(「이석증」)지기도 하고, '낯선 섬에서 돌아갈 배를 기다리며' "죽은 듯 산듯 졸고 있는 폐선들"(「낯선 섬에서 돌아갈 배를 기다리다」)의 풍경을 곱씹으며 길들의 방향을 가늠하는 존재가 되기도 한다. 시인은 이렇게 낯선 풍경들 속에서 몸의 감각을 복원하고, 스스로의 육체성을 확인하고 추인하며 승인한다. 시인의 몸은 낯선 풍경을 담아내는 낯익은 숙주의 기능을 담당하는 것이다.

5. 울음에 대한 응시

시인은 울음과 어둠, 침묵과 죽음에 대해 주목한다. 서로를 길항하는 이 이미지들은 어둠으로 수렴되고 울음으로 발산된다. 이미 몇 편의 시에서도 드러났듯 이번 시집에서 가장 강력한 자장을 갖고 있는 이미지는 '울음'이다. 시인은 "캄캄하게 웅크린 대추나무"(「선택적 함구증」)를 보면서 "날마다 우는 속울음"으로 목청이 터진 것이라며 "자신의 울음을 분석 중"인 대추나무를 "쓸쓸한 짐승"으로 규정한다. "말수 적은 것들일수록 어둠을 선호"한다는 동질감을 느끼며 "대추는 천천히 붉어지"고, 시인은 "어둠에 익숙한" 자신의 언어들을 "환한 곳으로 데려가기 위해" 별빛 아래에서 언어를 방목하는 목동인 것이다. 시인은 "구름보다 고요한" 두루미를 보며 '울음'이라고 명명하며, "울음의 배경"(「일몰의 내부」)으로 자리 잡고 싶은 욕심을 토로한다.

이러한 울음에 대한 응시는 「어두워질 무렵」에 이르면 지렁이의 울음을 듣는 것으로도 이어진다. 그리하여 "몸을 감춘 채 어둠을 배경으로" 지렁이가 울고 있는, 믿을 수 없는 '아득한 순간'을 경험한다. '모래와 장롱과 어머니의 울음'은 이해가 되지만, 지렁이가 운다는 사실에는 낯선 느낌을 받게 된다. "팽팽히 당긴 비단실을 튕기듯 파르르 떨리는" 지렁이의 울음소리를 듣던 시인은 지렁이라는 "놈을 한 줄기 바람"으로 호명하거나 "연초록 이파리라고 우길 뻔" 했음을 기록하며, '현악기'에 비유한다. 이렇게 지렁이의 울음은 '시인의 울음'을 환기한다. 그리하여 "울음에 홀려/간을 빼주고 심장을 꺼내주고/뜨거운 울음을 날것인 채 삼킨 적"이 있었던 시인의 과거를 떠올리게 한다. 뿐만 아니라, "그날 이후/칼을 물고 세상을 건너가는 종족"에 대한 믿음 속에 "모든 사물의 중심에 울음이 산다"라는 진실을 깨닫게 한다. "지렁이 따위가 마음의 풍경에 끼어드는/애 터지는 저녁"이라고 애써 그 의미를 축소해 보지만, 그것은 반어적일 뿐이다. 들릴 듯 말 듯 아득하게 감지되는 지렁이의 울음소리를 통해 시인은 존재론적 울음의 진상을 환기하고 있는 것이다. 이렇게 시인은 지렁이의 울음소리를 복기하면서 마음의 풍경을 읽어내고, 내면의 울음의 흔적과 조우하며 생의 비의를 파악하는 것이다.

시인은 울음의 온도를 재는 체온계적 존재다. 그러므로 지렁이의 울음소리만이 아니라 전기장판의 온도에 반비례하면서 들려오는 자신의 내면의 울음소리를 감지해 내기도 한다.

158

사물을 포함한 모든 존재태들은 그 자신의 울음의 온도를 드
러내고 있기에 시인의 예민한 청각적 촉수는 '꿈속'에서 그들
의 혹은 자신의 이야기를 읽어낸다.

> 전기장판의 온도를 높이자
> 꿈속까지 따라왔던 울음소리가 잦아든다
>
> 밤이 갑자기 깊어지고
>
> 웅크렸던 다리를 펴면서 돌아눕는 울음을 가까이 당긴다
> 울음의 껍질은 늙은 장수의 갑옷처럼 완고하다
> 발톱 긴 바람을 끌어들여 껍질의 틈새를 후벼보지만
> 몸속에 천만 길 벼랑을 감춘 울음의 꼬리를 번번이 놓친다
> 오늘처럼 급하게 소리를 삼킨 날은
> 꾸르륵 꾸르륵 늙은 비둘기 소리를 흉내 내며
> 가슴의 굽이를 헤집다가
> 소리도 없이 돌아와 눕는 울음의 무게에
> 가위 눌리는 새벽녘
>
> 온몸의 핏줄을 팽팽히 당긴 채 달려드는 사람처럼
> 펄펄 끓는 전기장판의 코드를 뽑고
> 아직 식지 않은 울음을 끌어안는다
>
> 이럴 때 내가 할 수 있는 건
> 울음이 가본 적 없는 꿈속 이야기를 꾸며대는 것뿐이다
> 내가 꿈속에서 자주 흐느끼는 건
> 열전도가 빠른 울음은 전염성도 강한 때문이라고

한 번도 불러본 적 없는 이름을 꾸며대는 것뿐이다

　　　　　　　　　　　　　　　　　　ー「울음의 온도」 전문

　시인은 울음의 온도를 재는 존재다. 시인은 울음의 온도에
서부터 울음의 존재감을 확인하고자 하는 것이다. 시인이 "전
기장판의 온도를 높이자/꿈속까지 따라왔던 울음소리가 잦아
든다". 실제의 온도와 울음의 온도가 반비례하면서 깊은 밤의
울음이 되새김질된다. 울음을 자신 쪽으로 끌어당기면서 '완
고한 울음의 껍질'을 만나기도 하지만, "천만 길 벼랑을 감춘
울음의 꼬리"를 시인은 번번이 놓치고 만다. 그리하여 "울음
의 무게에/가위 눌리는 새벽녘"에 시인이 할 수 있는 것은 "아
직 식지 않은 울음을 끌어안"고 "울음이 가본 적 없는 꿈속 이
야기를 꾸며대는 것"밖에 없다고 진단한다. 시인이 "꿈속에서
자주 흐느끼는 건/열전도가 빠른 울음"이 내포한 '강한 전염
성' 때문이다. 그러므로 시인은 "한 번도 불러본 적 없는 이름
도 꾸며대"면서 꿈속 이야기를 지어낸다. 시인은 현실과 꿈속
을 오가면서 울음에 전염된 이종적 존재인 것이다. 울음은 시
인의 꿈속 이야기의 발화점이자 현실과의 경계에 존재하는 변
곡점으로 기능하며, 낯선 세계의 이야기를 가공하게 만드는
숙주적 기제인 것이다.
　그렇다면 시인은 왜 울음의 온도를 재고 전염성 바이러스가
되는가. 그것은 울음이 개별 존재들의 고통스런 본질을 외화
하는 감각이기 때문이다. 그러므로 시인은 "제 몸을 헐어 뿌리
를 만들고 뿌리가 닿는 곳까지 뭍을 만들며 속울음을 울"어대
는 '맹그로브 숲'에 가서 "속절없는 비명"(「맹그로브 숲에 갔

다」)들의 소리를 듣기도 하고, "등으로 기어"가는 꽃무지애벌레 한 마리를 보며 아직 들어본 사람이 없다는 "꽃무지애벌레의 울음소리"(「꽃무지애벌레」)를 상상하기도 하는 것이다. 현실 세계에 존재하지만 듣지 못할 수도 있는 울음들의 향연을 시인은 꿈속과 현실에서 호출하여 그 고통스런 울림의 내포들을 그려내고 있는 것이다.

울음에 대한 시인의 감수성은 어둠에 젖어드는 존재들에 대한 관심으로도 이어진다. 그리하여 절집에서 여름에 태풍이 지나가는 걸 보면서 시인은 "건너편 산맥들"이 "어둠 속으로 쓰러져 눕는" 풍경을 보며 '조금의 슬픔'을 느끼고, "어디선가 숨죽여 우는 사람이 있을 것만 같은 밤"(「여름」)을 감지한다. 시인은 어둠 속 울음에 민감한 여린 감수성의 소유자인 것이다. 지금도 시인은 어느 곳인가에서 울음의 현장을 목도하며 그 의미를 길어내고 있을 것이다. 자신과 유사하면서도 다른 울음의 진의를 파악하면서.

6. 슬픔으로 흘러나올 눈물

울음은 눈물의 청각화된 기표이다. 시인에게 울음이 소리로 변주되어 자신과 외부를 함께 들여다보는 청각의 도구이자 다른 감각의 기원에 해당한다면, 눈물은 시인이 생의 흔적을 시각을 통해 내면화하는 기제로 활용된다. 눈물과 울음은 그 둘이 거느린 감각들의 선두에서 혹은 후미에서 존재자의 내적 고통을 외화함으로써 계열체적 의미를 부려댄다.

이를테면 시인은 두릅나무 가시가 햇살에 반짝이는 모습을 보며 "얼마나 깊은 눈물 계곡을 지나왔기에 온몸에 가시를 입었나"를 질문하면서, "당신이 눈물의 유전자를 화학기호로 표기하고 있을 때" 스스로 "해독약의 목록을 작성한다". 그리하여 시인은 "맛이 쌉쌀하고 향기 진한 건/차가운 눈물이 발효 중이라는 증거"(「가시」)로 인식한다. 눈물의 맛과 향기의 농도가 '차가운 눈물'의 발효를 재는 척도라는 것이다. 시인에게 울음과 눈물과 시간은 발효라는 공통분모를 통해 유사한 이미지로 공유되는 것이다.

시인은 자신의 내면에서 발효되고 있을 눈물을 기다린다. 그 눈물은 아마도 냉탕과 열탕을 오가면서 슬픔의 외연을 확장하고 있을 것이다. 하지만 눈물은 흘러나오지 않는다. 왜 그런가?

바람 부는 쪽을 자주 쳐다본 탓일까
눈 속에 무엇인가 들어가서 나오지 않는다
눈을 감고 눈물을 기다려보지만

슬픔이란 불러서 오는 것이 아니었는지

한참을 기다려도 눈물은 나오지 않아
생각만으로도 철철철 눈물 흐르던 한순간을 꺼낼까 망설인다

자신도 모르는 길을 품은 채 여기까지 왔는지
거울 속 붉은 눈동자에는
어디로 향했는지 알 수 없는 길들이 어지럽다

불타오른다고 믿으며 울었고
틀림없이 누군가 빠졌을 거라고 믿으며 울기도 했지만
바람 한 점 없이 고요한 날들도 있었는데

눈 속에 들어왔으나 바라볼 수 없는 무엇이
메마른 슬픔을 후벼 파고

방목된 바람을 따라가던 헛된 길 위에서
나는 그저 눈감고
형체 없는 것들에게 바쳤던 뜨거움의 목록을 뒤적일 뿐

아무래도 혼자서는 빼낼 수 없는 지독한 것이
하필이면 눈 속에 박힌 것이다

　　　　　　　　　　　　―「눈물을 기다리는 잠깐」 전문

　시인은 바람 부는 쪽을 쳐다본 탓에 생겨난 '눈 속의 무언
가'를 제거하기 위해 눈물을 기다린다. 눈물이 흘러나오면 함
께 따라나올 것으로 기대하기 때문이다. 하지만 '눈 속의 무언
가'가 '슬픔'이기에 "불러서 오는 것이 아"님을 알게 된다. 눈
물이 나오지 않자 시인은 "철철철 눈물 흐르던 한순간"을 과
거의 기억으로부터 호출해 본다. 그러자 "거울 속 붉은 눈동
자" 속에 "어디로 향했는지 알 수 없는 길들이 어지럽"게 드러
난다. 눈시울이 붉어지면서 누군가와 불타오르거나 누군가에
게 빠져들었던 적도 있었음을 회상하며 울음을 환기하는 것이
다. 그러나 눈물은 외화되지 못하고, "눈 속에 들어왔으나 바
라볼 수 없는 무엇"으로서의 내면의 상처가 "메마른 슬픔을

후벼 파고" 있을 뿐이다. 그러면서 시인은 자신이 걸어온 길이 "방목된 바람을 따라가던 헛된 길 위"가 아니었는지 자문한다. 그때 시인이 할 수 있는 일은 "그저 눈감고/형체 없는 것들에게 바쳤던 뜨거움의 목록을 뒤적이"는 것밖에 없다. 그러나 "아무래도 혼자서는 빼낼 수 없는 지독한 것"이 박혀 있어, 시인은 슬픔이 눈물로 흘러나오길 기다리고 기다릴 수밖에 없는 것이다.

구체적 실체가 아니라 무형의 지독한 상흔들이 시인의 내면에 박혀 있기에 눈물로 외화되지 못한다. 박힌 것은 뽑아내야 하지만, 뽑아낼 수 없는 것들이기에 눈물로 승화되어 저절로 흘러나오기를 기다릴 수밖에 없는 것이다. 시인이 눈물과 함께 눈 속에 박혀 있던 '무언가' 로서의 슬픔을 호출해 보고자 하지만 그것은 힘겨워 보인다. 왜냐하면 '눈 속의 무언가' 를 호출한 슬픔이 메말라버려, 형체 없는 목록으로 형해화되었기 때문이다. 형해화된 슬픔의 목록을 뜨겁게 다시 구체적으로 기록하는 것이 슬픔의 눈물을 복원하는 길일지도 모른다. 수동적으로 눈물을 기다리는 것이 아니라 적극적으로 눈물의 기원을 추적해 들어가는 것. 그것이 눈물을 재발견하려는 몽상가의 치유적 탐험이기 때문이다.

시인은 이번 시집에서 각양각색의 이물적 울음소리를 듣고 기록하지만, 정작 아직 자신의 눈물을 흘리지는 못한다. 타자(=사물과 세계)로의 감정적 투사와 내투사는 성과적으로 수행하지만, 자신의 감정을 외화하고 노출하는 것에는 아직 둔감한 것이다. 창작자의 의도일 수도 금기적 기제일지도 모른다. 그러나 분명한 것은 자신(=타자)의 구체적 울음소리를 더 자세히 듣고 경청할 때 그토록 '기다리던 눈물'이 더욱 아프게 빛나는 언어로 쏟아질 수 있다는 점이다. 우리는 '울음의 온도'를 잴 줄 아는 이물감의 시인이 흘려보내는 진정한 눈물과 슬픔의 교감이 천 년의 감각 속에서 빛을 발할 수 있기를 고대한다. 그리고 그러한 감각이 더 많은 독자와 함께 공명하기를 바란다.

吳太鎬 | 문학평론가 · 경희대학교 교수